爸爸说

——写在孩子入学前

许珂　著

哈尔滨出版社
HARBIN PUBLISHING HOUSE

图书在版编目（CIP）数据

爸爸说：写在孩子入学前 / 许珂著 . — 哈尔滨：
哈尔滨出版社 ,2022.4
ISBN 978-7-5484-6424-2

Ⅰ . ①爸… Ⅱ . ①许… Ⅲ . ①纪实文学－中国－当代
Ⅳ . ① I25

中国版本图书馆 CIP 数据核字（2022）第 014007 号

书　　名：爸爸说：写在孩子入学前
　　　　　BABA SHUO：XIEZAI HAIZI RUXUE QIAN

————————————————————————————————————

作　　者：许　珂　著
责任编辑：韩伟锋
封面设计：树上微出版

————————————————————————————————————

出版发行：哈尔滨出版社（Harbin Publishing House）
社　　址：哈尔滨市香坊区泰山路 82-9 号　　邮编：150090
经　　销：全国新华书店
印　　刷：武汉市籍缘印刷厂
网　　址：www.hrbcbs.com
E-mail：hrbcbs@yeah.net
编辑版权热线：（0451）87900271　87900272
销售热线：（0451）87900202　87900203

————————————————————————————————————

开　　本：880mm×1230mm　1/32　印张：6.75　字数：124 千字
版　　次：2022 年 4 月第 1 版
印　　次：2022 年 4 月第 1 次印刷
书　　号：ISBN 978-7-5484-6424-2
定　　价：58.00 元

————————————————————————————————————

凡购本社图书发现印装错误，请与本社印制部联系调换。
服务热线：（0451）87900279

自　序

一

这是一本写给我孩子的书！

我只是很单纯地想把一些记忆留给孩子。等他长大了，看到这些文字的时候，能够找到来自这个世界最初的温暖。

人是会长大的，但人也是会遗忘的。但愿这些美好的记忆能带给他不尽的快乐，帮助他勇敢地面对困难，引领他做一个温暖善良的人。有人说，孩子三岁之前的记忆很容易消失，这一点我认同，因为这一段时光里的记忆大多属于无意记忆。所以我选择用文字的方式帮助孩子留下成长的痕迹。

父母和孩子之间的关系有很多种，父母能带给孩子的东西也很多，而我用文字的形式送给孩子这一份永久的礼物，我觉得这是一份最长情的留念。这里头也包含着我们之间最多元化的关系：我是爸爸，他是儿子；我是作者，他是读者；我是讲故事的人，他是故事里的主人公；他是制造记忆的人，我是记录记忆的人；他是带给我快乐的人，我是传递他快乐的人……这多有意思！

二

这也是一本写给父母的书！

做了这么多年教育，从高中教育，到初中教育，再到有了孩子接触了家庭教育，我突然意识到这似乎是一场教育的寻根。其实一个孩子的成长轨迹和他接受的教育是密不可分的，教育是一种潜移默化的力量，在某种意义上，它决定了一个孩子成为一个怎样的人。而教育的根在哪里？我觉得教育的根就在家庭中，在孩子十二岁之前。

有句老话叫"三岁看老"，一点也没错。三岁、六岁、九岁、十二岁，是孩子成长的关键期。每一段成长关键期，对一个孩子来讲都具有十分重大的意义。最重要的是，这十二年，孩子是依赖父母的，听从父母的，那么父母就是孩子最重要的教育者。所以一旦孩子到了初中高中出问题了，家长首先要做的不是埋怨，而是反思自己之前的教育行为。

这本书写给父母们，我只是想传递一点家庭教育的理念和自己不成系统的想法。我不是专家，没有一套套高大上的理论。我只不过是看了一些家庭教育方面的书，学习了一点这方面的知识，再结合孩子的成长经历，跟大家聊一些重要或不重要的话题而已。

三

说到写这本书还真是有趣。

其实孩子出生不久我就想动笔记录他的成长故事了，但是每次一有动笔的念头，就感觉这件事任重道远，再加上平日工作繁杂劳累，刚起来的勇气一下子就偃旗息鼓了。直到有一天，我发现孩子在我眼前长大了许多，也有了很大的变化，才深深感觉到，如果再不动笔，这件事就这样泡汤了。我一直认为做父母其实是在做一项伟大的事业，眼看着事业还没起步就湮灭了，绝对不甘心！但是又不相信自己能坚持到最后，于是决定给自己来个启动仪式。

举行一个什么仪式呢？经过几番思索，我暗自忖度：首先这必须是一个人的仪式，连家人都不能说，因为万一中途没有坚持下去，我在孩子面前不好交代。其次要让自己难忘，想着自己从小到大似乎没有过非常明显的叛逆，来一点叛逆也算有了别样的仪式感。

于是专门挑选了一个日子，那天正好学校组织青年教师参加初三的适应性考试，我纠结了很久，因为从工作起，我一向遵守单位的规章制度，这么做有些冒险了。但是不冒险怎么能成就叛逆的仪式呢？于是我断然在考试前给主任发了信息："家中有急事，考试需请假。"主任回复："考完试再走。"我再发："一刻不能等。"主任又回："回

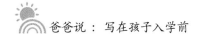

来补考。"其实这种考试没什么重要的，后面也就没有故事了。我欣然一路直达 KFC，点了一杯热奶，打开本子，在温和的灯光下，花了两个小时，写下这篇序。

想着此时的我逃离圈定的生活，做一点自己想做的又比较重要的事，想着圈子里的人依然被圈在考场里接受规则的戏弄，也算是给自己举行了一场盛大的仪式吧。这个时候，我在想：有些事非做不可，到了一定的时间，它一定会和你相遇；有些人不能不爱，在生命里不全是自己，我们需要彼此依托。

人一过三十，思考的东西就多：怎样让自己的人生有些价值，怎样让自己在这个世界上留下一点东西，怎样让自己的劳动为孩子带来一点正面的影响，怎样让自己的孩子引以为傲，等等。今天为自己举行这么一场特别的叛逆仪式，真的，特别爽！因为我对"叛逆"这个词有了不一样的理解：叛逆其实是对生命和生活的深度思考，它不是不讲原则，不是不讲伦理道德，而是对"安逸"生活的挑战，对自我生命的内省。我希望孩子在自己的生活里，在规则与道德的圈子里，也能有生命的独立和自主，多做有价值有意义的事。

这本书就这样悄悄打开了，书里的文字无数次地在夜灯下艰辛地走了一年多。你若喜欢书里的故事，就全当消遣，重新寻找一下自己孩子的过往点滴。你若注意到了其中家庭教育的意义，不妨以此为契机，关注家庭教育，那么这部作品也算有意义了。

目 录

不管是痛苦还是快乐都要好好成长 /1

诞　生...................................... 3

通鼻泪管.................................... 9

车　队..................................... 15

快　逃..................................... 20

屎尿屁..................................... 25

擦屁股..................................... 30

天使的方式................................. 35

男儿有泪不轻弹............................. 40

清晨别离................................... 46

上班去..................................... 51

分享与使坏................................. 56

不存在的存在............................... 61

感知生死................................... 66

选择题..................................... 71

人　精..................................... 76

生活不仅要美食还要诗和远方 /81

开口吃，起步走............................. 83

受不了，但还要............................. 88

巧克力..................................... 93

吃　货..................................... 98

看　吃.. 104

飞到天上去.. 110

咏　柳.. 116

在生活中读诗... 121

散　步.. 127

说的好听还是唱的好听 /133

车里的对话.. 135

鸡鸡复鸡鸡.. 140

红歌小王子.. 147

玩音乐.. 152

市井生活.. 157

第一句台词.. 163

大自然是孩子天然的游乐场 /169

野孩子.. 171

荷　花.. 176

七星瓢虫... 181

浇　花.. 186

在动物园里遇见狗尾巴草............................. 191

爬　山.. 196

沙子与石子.. 201

后　记.. 207

不管是痛苦还是快乐都要好好成长

诞 生

四月的风踩着

新生的音符

摇曳在春的光波里

一切都如梦初醒地

酝酿着春的气息

光的暖是为你

为你驱散全部的黑暗

是你惊着了光亮

光亮却与你融在了一起

你醒了

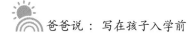

世界却像梦一般
幻化在虚实的云巅
装点成了童话的境界

四月
整个的四月
吹动了轻柔的鼻息
我感受到了
笑了
整个四月动情的微笑
我看见了

这一刻
我都记下了

4月28日晌午，我从单位一路狂奔，越过水泥场，开车径直赶往医院。我知道，有一个陌生的小生命在那里等着我，为了这次毫无准备但又似乎准备了很久的会面，我感受到了喜悦与紧张同时冲击心灵的悸动。这一路上我是怎么上的车，车速是多少，有没有闯红灯已经全然不在心上。我还为此迫不及待，一口气爬上11楼，顿时汗如雨下，头昏眼花。

可惜等我来到产房门口的时候，门已经关上，门外等待的人似乎都难掩内心的焦虑。看着这扇冷冰冰的门,不知里面在经历怎样的挣扎颠沛,怎样的茹痛含辛。我在产房门外来回踱步,其实明明已经两腿酸软,但是看着旁边的空座位就是坐不下来,此时才切身体会到什么叫坐立不安。时间大概过了半小时,产房门开了。"家属呢?家属呢?"医生手里抱着一个肉坨坨,我远远地看着,一时没反应过来,还沉浸在等待的焦虑中。真有那么一瞬间的恍惚,是在叫我吗?是在叫我吗?那就是我的孩子吗……等我反应过来,医生翻了个白眼:"怎么回事?叫了半天都没听见。男孩,五斤六两。"我就像一个差生一样,忐忑地站在我期盼已久的小生命旁边。停留了几十秒,医生就把他抱进了产房。我们的第一次见面,没想到就是这么怱怱地、急匆匆地结束了,但是这一面相见,就定下了一世的缘。他白白的皮肤像我,苗条的身材像他妈,眼神像我,鼻子、嘴巴像他妈。那一刻他不哭不闹,像是在听什么,抑或是在感受什么。医生进去后,我在门边回味了许久。

等我走进房间,小宝贝和他妈妈都已躺在床上,呼噜呼噜地睡着,就像两员大将经过了一场激烈的争斗,终于得胜回朝,此时的他们软弱而又壮烈。一场大战终于平息,内心的焦灼渐渐平静。我透过窗,看见清透的天空下挂着几缕白云,微风轻抚着还未强壮的枝叶,树间偶尔穿梭过一两只麻雀,似乎在告诉我:天气真好!

晚上,楼道里不时传来孩子哭闹的声音,还有人们匆

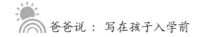

忙的脚步声。我走出房间，听见孩子那撕心裂肺的哭闹声从隔壁房间传来。两个老人神色不安，在门口窃窃私语，我隐约听到她们在说隔壁房间的一个孩子长了六个手指头，正考虑手术，我的心猛地被击了一下——才刚刚来到世上的孩子，就要受到如此的苦难，真是可怜！转念间，我急急忙忙走到我儿子的床边，悄悄地掀开襁褓，擦了擦眼，仔仔细细地检查了一番：手指十个，脚趾十个，五官端正，天庭饱满，身体健康，一切正常。哦！终于放心了。

　　累了一天，入梦吧！也许梦已成真，就不再有梦，但我相信一切都是最好的。

　　当一个孩子从我们的生命里随缘而来，我们的生命就将进行一次新的生长。生命之缘，不是简单的两者相遇，

而是成全了彼此在现世里的归宿与成长。

　　我认为，一个人真正的成熟一定是从见到自己的骨肉开始的，一定是从耐心地哼着咿咿呀呀的歌谣哄孩子睡觉开始的，一定是从见了与自己血脉相连的可爱生命后，内心突然产生的那一份深深的责任开始的。那一晚，我用了很大的力气说服我自己，告诉我已经身为人父。这样的称呼给了我一种神秘的责任感，这种责任感不是外界赋予的，是生长自内心深处的。就像当年我走上讲台的时候，其实我还是个学生，但是坐在下面的孩子称呼我为老师，我花了很长的时间去适应这样一个称呼。一个称呼就代表一种身份，一种身份就蕴含着一份责任。当一个男人成了爸爸，就意味着养育的重大责任将伴随我们剩余的人生，直至死亡。这一份事业是人生在世别无取代的，它的含金量不是单用时间的长度能衡量的，还需要用生命的厚度去涵养和历练。

　　每一个人都不是天生的父母，父母也绝不仅仅是一个简单的称呼，真正的父母是具有深厚学问的个人身份和事业身份。这样的身份既具有私人性，又具有社会性。清代的林纾在《闽中新乐府》中说："强国之基在养蒙，儿童智慧须开爽，方能凌驾于人上。"作为父母养育自己的孩子，为开启孩子人生的智慧和技能，同时也为强国之基，这就是做父母的责任。有一句话说得很经典："你的孩子不是你的孩子。"孩子因我们而来，却不曾属于我们，他们有他们

自己的人生，有他们自己的个性，有他们自己的权利……
而父母的职责是护孩子健康，引孩子发展。

所以，当孩子来到我们身边的时候，我们必须去适应，
去学习，去陪伴，去引领，去成为他们最好的榜样。

通鼻泪管

闻闻出生的那天，我就一直在产房门口祈祷：母子平安，孩子健康，这是我的底线。当然长得漂亮些，聪明些，我觉得这是上天给我们的额外恩赐了，也是上天给孩子的福祉。总算天恩浩荡，闻闻健康健全，长得眉清目秀，眼神里还透着掩盖不住的机灵气。

但是几个月后，闻闻的左眼总是肿肿的，尤其是睡觉过后，会有擦不完的眼屎。开始以为是上火的表征，听人家说有的孩子吃了奶粉会不适应而上火，于是也没放心上。但是过了一段时间还不见好，最终不得不去看医生了。其实，我从心底里很排斥孩子进医院，可能是自己小时候常进医院进怕了，不想再让下一代遭各种或大或小的罪。只有万不得已，方去求医。医生用棉签用力一挤，一下挤出

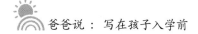

好多浓浓的眼屎，医生马上下结论：鼻泪管堵了，必须通鼻泪管。说实话，我还真是第一次听说"鼻泪管"这回事，没敢多问，自己回家上网查阅与鼻泪管相关的信息，也查了通鼻泪管的方法。尽管就像打针一样刺一下，但毕竟是要受些苦的，心里总有些隐隐作痛。

幻想敌不过现实，最终只能直面现实。作为父亲，我此时能做的就是选一家信得过的医院，选一个信得过的医生。最终在苏州儿童医院挂了专家号，仔仔细细地咨询了一番后准备进行手术，这些事情在那些专业的医生眼里都不是事，但是在面对病痛无能为力的父母面前，就成了天大的事。

眼前一个年轻的女医生，不免让我心中忐忑，但细细想来，人家专做这一项活，俗话说"术业有专攻"，医术和年龄也不能画等号，几番自我思辨，终于说服了自己。我抱着闻闻进了诊室，医生让我把闻闻放手术床上，我突然感觉到本来和我紧紧相依的孩子突然离我好远，我好想替他承受这一切苦痛。但是在医生面前似乎技术比感情更现实。女医生手脚麻利，用一块绿色手术布把闻闻包裹起来，绑好手脚，这样自然是为了手术的安全。但是想到这么小的孩子即将遭受这么大的苦痛，我浑身上下就如同过了电一般，骨骼似乎早已没了力气，就靠外面的肌肉在强撑着。还没等我回过神，女医生提出要求："家长把孩子的头扶住，千万不能动！"此刻我已经没了主见，医生的命令就是真理，必须也只能遵照执行。我抱着闻闻的头，闻闻似乎已经感受到了恐惧，哇哇大哭起来。医生拿出针筒，吸了半管药水，把闻闻的眼皮一翻，露出一个极小的泪管眼。然后将带着寒光的针尖慢慢刺了下去，动作麻利，手法精准，说实话我是挺佩服这年轻女医生的，只是我两臂早已无知觉，两腿发颤。就好像这针戳在了我的心尖上一样，这种痛不是切肤之痛，而是由内而外的心疼。在无助的时候，老一辈的人总会念起"阿弥陀佛"。我常笑他们迂，但刚刚的一分钟里，我却不自觉地念起了这句"万能咒"，不知道是受到上辈人的影响，还是刚刚的情景暴露了我内心的极度脆弱。但不管怎样，我似乎改变了以往的看法，其实上辈人善意的迂腐都是为了克服内心的绝望，为了寻找美好的愿景。我刚才的默念不就是为了在无助中寻找一点心灵的慰藉吗？这一刻我又切身懂得了什么叫"可怜天下父母心"。

闻闻哭累了便睡着了，我却久久不能平静，人这一生，不易啊！

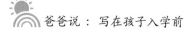

　　有时候一个人静下心来的时候会想一些傻问题，比如人自从来到这个世界，将会遇到多少坎坷挫折、多少天灾人祸、多少病痛折磨、多少离情别恨……一个生命能在这么广袤的天地间存活几十年，真是不容易！既然如此，那么还有什么教育内容比生命教育更重要的呢？父母是孩子的第一任教师，父母要为孩子系好第一粒扣子，就应该首先教会孩子珍惜生命、珍爱生活。

　　生命教育是一种极为抽象的教育，不是字面的，是心灵的；不是口述的，是行为的。生命教育的内容是没有边界的，因为人生活在世界上，任何一样东西都有可能与生命发生关系。但是我想，有三点是十分重要的：

　　第一，教给孩子独立而不是被护佑。孩子在三岁左右就有了自我的意识，三岁左右的叛逆就开始为自我独立而战，我们没有必要担心孩子因太小而不能独立行走。恰恰相反，孩子需要独立自主的发展空间，这个空间需要安全的边界以及和善而坚定的指导，而不是父母时时处处的护佑。孩子在成长的过程中必须直面挫折：孩子第一次行走必然会跌倒，父母要坚定地鼓励孩子自己站起来；孩子第一次与同伴交往可能会受委屈，父母要耐心地等待他们用自己的方式和解；孩子第一次为自己的努力得不到理想的成绩而伤心落泪，父母要给予最温暖的的安慰，然后让他勇敢地继续前行……太多的第一次，太多的挫折与磨难，父母无法事事护佑，唯有教给孩子独立、坚强。

第二，给予孩子鼓励而不是赞美。鼓励和赞美是有本质区别的：鼓励是鼓起对方的勇气，是激励、促进。而赞美是表达一种令人满意的评价，是美化、认可。鼓励关注的是这件事，而赞扬关注的是这个人。鼓励会让孩子继续勇敢地挑战自己，赞美会让孩子依赖别人的评价。孩子需要鼓励，因为他们需要明确的认同感，以及需要失败之后的自信力。父母不要评价你的孩子"聪明"，而要鼓励他从错误中学习，乐于接受挑战并喜爱学习的过程。父母的鼓励能为孩子更好地定位和寻找发展的方向，因此鼓励必须是具体的、明确的，在言语中带着认同感，同时也带着方向感。

第三，带给孩子归属感而不是压迫感。我们的教育是让孩子知道自己的价值以及知道自己要什么，而不是强迫孩子要什么。归属感就是相信自己是有能力的，并且知道自己的贡献是受到重视的，是有价值的，它是建立自我价值感的前提。拥有归属感的孩子自信乐观，积极阳光，它能给予孩子在生活中承担风险并乐于接受新体验的勇气；不相信自己有归属的孩子会变得很沮丧，而沮丧的孩子常

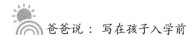

常会做出不良行为。父母在生活中要给孩子足够的空间、积极的鼓励、自主的选择，帮助孩子建立归属感，这是父母给孩子留下的最宝贵的财富。

给孩子最好的生命教育，让孩子健康、精彩地生活在世界上，这是一项伟大的工程！

车 队

闻闻对车子的喜爱是天地为证，日月可鉴。

你可以拿走他任何其他的玩具，但就是不能拿走他的车，否则他会跟你拼命，用他的"狮吼功"，让你耳膜震裂，最后你还是得乖乖地归还于他。

闻闻对车子的称呼统称为"嘟嘟"，因为在他不会说话的时候，我们为了让他快速认识事物，就模仿汽车喇叭的声音，给了汽车一个很形象的名字，没想到两岁多了，这个称呼还一直在沿用。"嘟嘟"是绘了汽车的声，孩子因声绘形，从此爱不释手。

闻闻最早的一辆车是黄色的轿车，形如甲壳虫，走起来倒是利索得很。自从拿到手，他就翻来覆去地看，那专注的神情，就像是嗅到了花香的蜜蜂。他把车时而放在地

上开，时而放在凳上走，时而又飞跃到桌上，嘴里还不断模仿汽车的"嘟嘟呜呜"声。这下闻闻有了一个自我的世界，就像上帝为他打开了一扇游乐的大门。孩子都是要在自我的世界里寻找乐趣的。记得我小时候，也是同样地拿着几辆车在阳台栏杆上开，边开边模拟现实的情境，似乎自己真成了司机。如今想来，也许每个男孩都有一个驾驶梦，也许对机械工具的驾驭是男孩子普遍的爱好吧。

我们做大人的就应该分享孩子的乐趣，把他们的乐趣扩大化，乐其所乐，这就是所谓的陪伴。我看到闻闻开车，也便凑上去和他一起玩，我把车开到他身上，边开还边逗他："嘟嘟开到宝宝身上咯。"我从他手指尖一直开到手臂，再从手臂开到他后背，一直到屁股、大腿、小腿，然后落地。车轮子滚过他的肌肤，他痒得咯咯笑，身子扭啊扭，但还不断地说"再来，再来……"这种快乐 —— 从听觉发展到视觉，又从视觉发展到触觉 —— 是无穷无尽的。

后来，家里的车子渐渐多起来了，有大卡车、火车、面包车、小车、赛车、轿车、吉普车，等等。几十辆汽车摆在面前，对于一个孩子来说，这就是他最引以为傲的财富啊。但是，孩子往往只知道享受他自己的乐趣，家里各个角落都有他的小汽车，就如满地的蟑螂一般，乱极了。难怪有孩子的人家，大人们都会埋怨，家已经不像样了！我看不下去了，要没收闻闻的车，他不懂什么叫"没收"，于是我抓起他的车往我口袋里放，很严肃地告诉他，"爸爸没收，宝宝没有了。"他开始着急，一个劲地掏我口袋，拉拉扯扯好不容易拿到后，赶紧藏在抽屉里，精明得很。

两岁后，闻闻着迷于将车子排成队，一辆接着一辆，排得长长的，很得意地问："爸爸，长不长？""长！"我竖起大拇指表示夸赞。他高兴地推着一连串的车一起前进，边走边兴奋地哼起歌来："火车火车呜呜响，一节一节长又长……"

在车队里，闻闻就是个话痨，"这辆嘟嘟到了曼巴特。""这辆嘟嘟开到地下啦。""这辆嘟嘟开得太快啦，慢点，慢点。"……

一切生活中的场景，都在他脑海中演绎好几遍，就像讲故事一样，其实孩子都有这样的虚拟模仿能力，男孩子用车子、刀枪演绎生活，女孩子用娃娃、花线演绎生活。人的生活也许就是在演绎和模仿中渐渐走向真实的吧。

　　每个孩子来到世界上，都是带着好奇来的。好奇是一个孩子所有优秀的心理要素中最先被发掘的，有了好奇才会有爱好，有了爱好才会有技能和特长。

　　孩子的喜好如果从大数据上分析，可能会呈现性别的差异。但是回归到个体来看，其实喜好与性别没多大关联，只不过生活的习惯让他们有了各自的区别。比如，男孩子不一定就喜欢车、枪、大炮、飞机，女孩子也不一定就非得喜欢娃娃、图画、漂亮的小裙子。我们家的孩子喜欢车，也喜欢各种绒布玩偶。他每天都要和它们玩，和它们说话。而男孩子渐渐长大，从来不摆弄小裙子，也不会想着自己去梳理小辫子，女孩子也不太喜欢打打杀杀的玩具，不会尝试站着尿尿，这些都是因为生活的习惯带给他们的影响。男孩子没有机会摆弄小裙子，女孩子也没有机会舞刀弄枪。慢慢地，这就成了一种习惯，一直到有了深刻的性别意识，就更加不会违背这样的特点。既然这样，爸爸妈妈面对孩子的喜好一定要保持尊重。有的孩子因为自己的喜好给大人带来了不少麻烦，有时候爸爸妈妈就忍不住强迫他们终止喜好，甚至是打骂，这样的做法其实对孩子的伤害是很大的，经过多次强迫终止之后，孩子就会形成一种心理暗示：自己喜欢的大多是大人不喜欢的，自己喜欢的有可能是错的，那么这样的孩子就会自卑、不自信，遇事容易退缩畏惧。所以，做父母的，在养育孩子的过程中要不断学习，心存正确的教育理念，多站在孩子的角度思考问题，这样才能和善而坚定地引导和鼓励孩子更好地成长。

就像清代陈宏谋在《＜养正遗规＞序》中所写的："天下有真教术，斯有真人才。"把孩子培养成才是件不易之事，因为一个人的成长过程会受到很多因素的影响，而我们能做的只是一小部分而已。那么我们就从这些细小处开始吧。对于孩子的一个小小的喜好，我们不仅要尊重，更要与他共享互动。孩子喜欢车，我们可以跟他一起玩，我把车开到闻闻身上，他就能感受到轮子是圆的，车轮子是可以滚动的，车子是凉凉的。孩子的触觉，尤其手部的感知意识是较早发育的，这样的互动可以拓展他的感官意识。我们不能确定挖掘孩子的某些喜好是否能收到我们想要的效果，但这是一种教育的理念，有时候有助于精神成长的理念与我们功利的目的不是一回事。总之，做好父母该做的事，孩子会收到正面的信息，也会带着正能量健康成长。

快 逃

夏日的夕阳依旧火辣辣的，挂在天空中似乎比冬日的太阳要大很多。红彤彤的光线里透着些醉意，似一个酩酊大醉且不讲道理的泼皮，发了疯似的炙烤着大地。

闻闻睡了一个饱饱的午觉后，精神加倍的好。起床填饱了肚子就再也待不住了，拉着我要去外面转转。这个特点似乎每个小孩都一样，在他们眼里，外面的世界总是精彩的，哪怕是烈日骄阳，哪怕是狂风骤雨。看他兴致这么高，我尽管极不情愿，也只能懒懒地换了鞋，两个人就这样沐浴着毫无温柔脾性的夏日，漫步在人烟稀少的街边，夕阳把我们的身影拉得很长很长。我看着闻闻欢快的样子，不禁感慨：人就是这种奇怪的动物，年纪越小，越喜欢往外面跑；年纪越大，越懒得动。生命呢，也是这样，在由动到静的过程中慢慢陨灭。人之心性的活动空间，也由外面广阔的自然天地，慢慢地拘囿于院中、屋中、房中，最后去往一个狭小的盒子里。

小家伙已然对周边的环境非常熟悉了。这儿的花，那儿的草，还有常去逛的店面，从来不敢去的弄堂和地下车库，他都一清二楚。他最近对黑色产生了浓厚的兴趣，用他的话说是"黑不溜秋"，小弄堂是黑不溜秋的，于是他总想去小弄堂走走。但他又怕黑，因为黑往往给人更多挑战的可能性之外，又让人产生不确定的危机感，这种挑战与危机并存的矛盾深深地抓住了孩子的心。于是他让我陪着他走弄堂，一来满足了好奇心，二来解决了他恐惧的问题。

闻闻拉着我的手一个劲地往里走，弄堂里静悄悄的，两旁高高的房屋遮住了阳光，明暗分界。微微的风轻拂着两旁的树叶，却拂不去阳光炙烤大地的热气。沿着墙脚停靠着的汽车就如同喘不过气的老人，停下了就再也不想动了。闻闻在弄堂里尤其的兴奋，穿着白白的衣服，蹦蹦跳跳地往前走，轻盈得就像一只不知疲倦的蝴蝶，怎么也停不下来。走着走着，他竟然松开了我的手，独自一人向前跑去。我目送着他的背影，却没有一丝丝的担心，因为我确信，他还无法脱离我们的怀抱，独自远行。

闻闻走出去有一段距离了，突然，似乎觉察到了什么，立刻停住脚步、转身，一脸惊恐地往回跑，双手张开，双脚拼命地奔起来。边跑边喊："爸爸，快逃……爸爸，快

逃⋯⋯后面有车车来啦。"车子离他越来越近，他离我越来越近，我蹲下身子等待他奔向我怀里。我突然发现，从一个孩子的视角看前面缓缓驶来的汽车，真是一个庞然大物啊，似乎窄窄的弄堂除了这辆车就再也容不下任何东西，一种因危险而带来的紧张陡然上升。我站起身，拉着他的小手回身奔跑起来，"快跑，闻闻快跑⋯⋯"

很快到了弄堂口，我看到了一大一小，一高一矮，一胖一瘦，两个人影在夕阳中欢快地跳跃起来，这欢快劲就如发了疯的炙烤大地的夕阳一样。

某一天，我在街边走，看到一位爸爸带着孩子，孩子长得眉清目秀，很是帅气。他想要爸爸抱，想看看前面是什么东西，但是爸爸两只手里提满了购物袋，没法抱。孩子便哭哭啼啼起来。爸爸径直往前走，孩子在屁股后面追。孩子不依不饶，爸爸也决不妥协。也许是爸爸注意到了周围人的眼光，再看看不懂事的孩子，一下来了火，上去就啪啪两巴掌，孩子捂着脸不敢哭出声来，只能默默地跟着往前走。看到这里，我的心一下子难受起来，大人怎么可以这样欺负小孩？这孩子长大了会不会也这样欺负别的孩子？如果我是那个小孩，我心里一定难受极了，我会多么讨厌我有这样一位爸爸。我也很想对那位爸爸说：你放下东西，抱抱孩子，让他看一眼他想看的东西，不过就几秒钟，又会怎样呢？

我可以断定的是，这位父亲在与孩子的日常生活里常常会遇到类似的情况，他也不止一次揍孩子了。当然我想，他的内心也是极为痛苦的。他的苦在于自己除了用暴力压制孩子的愿望来求得自己一时的清静之外，别无他法，他的痛苦还在于他用自己的力量让他的孩子感到了痛苦，因为没有哪个父母不心疼自己孩子的。

我们与孩子在一起，千万别把孩子当成累赘，一方面必须明白尽自己的力量养育孩子是我们的责任，另一方面我们必须看到，我们在付出的同时也获得了很多。就是因为孩子，让我们有了回头看的机会。我相信，每个生命都有寻根的欲望。我们会想，我从哪里来，我来到世上的时候是什么样的，我小的时候做过些什么，我的性格和心态究竟与曾经的经历有何关系，等等。这些东西，在我们匆

匆的步履中常常不被想起，但是陪伴孩子的生活让我们彻底地慢下来。我们不妨在孩子身上去寻自己的根，这是一件非常有意思的事情。第三方面，我们应该学会用儿童的视角来看待孩子的世界。心理学上解释的儿童视角，是要通过研究努力发现和理解世界在儿童眼中的意义，理解儿童是如何积极主动地构建自己的生活的。我们在教育孩子的过程中，往往会用成人的眼光来评价孩子，这是有偏差的，因为在孩子眼里看到的东西和成人不一样。比如，孩子在逛街的时候大多看到的是大人的腿，他没有办法感受到在你眼前呈现的美好，所以我们尽可能地让孩子站得高一些。我一般进超市总会把孩子放在购物推车里，让他站着好好看，他要挑东西，我就把车靠边上让他自己拿，对孩子来说，这是平等相待，我们得尊重每个生命的存在，不要因为对方是孩子我们就忽视这一点。再如，有时候我们争论一些事情，声音会比较大，孩子可不懂争论和吵架的区别，这时候他会哭，他会指着手指哇哇大叫，因为某种声音让他感到厌恶和不安。这时候我们不能批评孩子，随意的批评有可能会打压他们的正义感。所以儿童视角其实就是从儿童的角度和心理感受出发，对儿童进行移情式的理解。

　　做一个懂得享受生活的人，用孩子的视角去感受孩子般的快乐，不也是对自己心灵的陶冶吗？

屎尿屁

屎尿屁，这玩意儿，在大人眼里极为污秽，但在不谙世事的小孩子眼里却充满了趣味，或许这些脏物也能成为他们自我认识的媒介。

闻闻大概六个月的时候就开始意识到自己的小屁屁里能排出气体。有一次带他去泳池游泳（我知道游泳是一项对小孩子极好的运动，可以增强免疫力，促进骨骼生长，帮助宝宝肠道蠕动，所以夏天常带他去婴儿泳池游泳），他带着颈项泳圈浮在清澈透明的水中，像一只鼓了气的小青蛙，手脚自如地划动，一脸呆萌。游着游着，一串泡泡从他屁屁里跳了出来，他似乎感觉到了动静，回头看见泡泡，就用手去拍，以为水里出来一个神秘的小东西逗他玩呢，这真是一个新大陆啊！后来有一段时间，小屁屁要放气了，

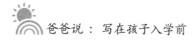

他会停顿片刻，暂停调皮与欢闹，只为感受这一股神奇的气。再后来，到了他会用一两个词交流的时候，就知道这股气体叫作屁。男孩子是极为调皮的，当他认识了一样事物的时候，总会想方设法拿来使用。闻闻认识了屁，每次放屁的时候就故意憋足了劲，为了能听到那优雅的声响，然后博得大家一笑。

闻闻对尿和屎的认识比屁要晚些。一岁半的那个夏天，我们决定让闻闻脱去纸尿裤，培养他大小解的意识，这也是一个孩子成长的必要经历吧。这一项技能闻闻花了两天时间，说实话，还是挺快的。但是这两天对于他来说，从没有知觉到有知觉，再到主动报告，几番成长变化，就像是经历了几场战争一样。刚开始，每次都慢一拍，等到他喊要尿尿，尿已经出来了，奶奶每天为他洗好几条裤子。我没这么好的耐心，决定惩罚他一次。

果然，小孩子是不大长记性的，他玩积木玩得高兴，突然感觉要大便，等他喊的时候，大便已经出来了，就这样拉在了他自己的裤子里。这下可糟糕了，闻闻开始紧张起来，大便从屁股滚到了裤管，他站也难受坐也难受，只能在原地不敢动。然后开始拼命地呼救："爸爸，爸爸……我拉臭臭了，已经大出来了。"我故意急他："大出来了，就放里面吧，反正你不急着喊，这么脏谁高兴擦？"他没办法只能向奶奶求助："奶奶，奶奶……快点来呀……"他急坏了，自己也受不了这脏东西，看来爱干净是人之天性啊！奶奶也不理他，继续干活。这下闻闻知道事情的严重性了，他拖着那条裤管里有便便的腿，费力地往前挪动："奶奶，快帮我……"他往前挪动的样子就像是一个腿部负了伤的士兵。我们看他这副窘态，不禁笑起来，我估摸着效果应该到了，于是帮他解决，又好好教育了一番，让他铭记于心。这招还真不错，从此闻闻就知道了尿尿、拉臭臭必须提前报告。

后来，闻闻对尿有了进一步的认识，同时也认识了自己的器官。有一段时间他觉得小鸡鸡是身体上比较好玩的玩具，每次尿尿、洗澡都会逗弄一下，因此小手挨了不少揍。再后来，他意识到别人有的也和他一样，他问："爸爸有没有小鸡鸡？警察叔叔有没有小鸡鸡？妈妈有没有小鸡鸡？"我跟他说，男生才有小鸡鸡，女生没有，你是男生，所以你有。"哦……"他似懂非懂地有了一点模糊的性别意识。

而对于屎，闻闻的想象就更奇特了。奶奶给他买了一个小马桶，让他坐在小马桶上拉臭臭，拉完了他非要看。他第一次近距离地研究自己的臭臭，开心地惊叫道："啊呀！这是宝宝的臭臭！"他手指着一条看起来硬硬的大便，发出惊天感叹："爸爸，这像一条黄瓜。"他说的黄瓜可是黄色的哦！虽然这个比喻并不新颖，但是从一个两岁不到的孩子嘴里说出来，我还是挺惊奇的，至少他产生了联想。后来到了颜色敏感期，他把大便说成是巧克力；到了形状

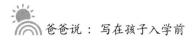

敏感期，他把大便说成是火车。

就是这些脏物，带给一个孩子自我认识、自律意识和想象能力。屎尿屁原来对孩子来说这么重要！

在孩子眼里，事物是没有高低贵贱的，只有喜欢与不喜欢。也只有在孩子那里，才可以做到真正的公平。

这样的认识是极其珍贵的，因为世界上很难制造出至纯至真的东西，只有在人无知的状态下才会让纯真做到极致。所以人但凡有点童心，对周围的事物就会少一些偏见或者执念，就会多获得一点乐趣。就比如屎尿这类肮脏的东西，只有孩子才不排斥，有时候反倒对其感兴趣。

有一次因为屎尿，差点把奶奶急哭。那天闻闻在小马桶上大便，奶奶忙着处理灶上的菜，让他坐在马桶上等一等。刚开始答应得好好的，可是这一等就等出了一个惊天"臭闻闻"。他就是对自己的大便感兴趣，总想去摸摸感受一下。于是趁着奶奶还在忙活，他就一把把自己的臭臭抓在了手里，还特别高兴，左看右看，举着看低着看。后来把脏东西擦到了衣服上、脸上、墙上。这下闯了大祸了，他知道自己做错了事，想要把墙上、衣服上的脏东西擦掉，但是自己的手是脏的，就会越擦越脏。奶奶过来看到这番情景，差点哭出来，闻闻却乐在其中。你看，孩子是不会带着功利色彩看事物的，在大人眼里再不屑的东西，他们都能够玩出新花样来。

当然，我并不是说让孩子都去玩屎尿，只是呼吁我们必须尊重孩子的兴趣和某一个阶段的发展特点。三岁左右的孩子，好奇心、求知欲十分旺盛，什么都要摸摸碰碰，这经常会惹恼父母，轻则被限制，重则被训斥。这种简单粗暴的处理很容易引起孩子的反感。父母不尊重孩子的内心感受，或遇事唠唠叨叨，或批评讽刺挖苦，不让孩子这么做，不让孩子那样做。日子长了孩子很容易厌烦，产生叛逆心理。我们该做的除了尊重之外，就是开发外物的刺激功能，全方位地激发孩子听觉、视觉、味觉、嗅觉的能力，这才是培养的正道。

擦屁股

还真是奇怪！大人们对小孩子的便便总是很感兴趣。

从娃娃诞生第一天起，大人就盼望他拉一包又丑又恶心的便便，拉出来了之后，就特别高兴。之后每一天的便便大人们都会很用心地带着实验的态度关注着观察着。就连我自认为有些洁癖的人，对闻闻的便便也不排斥，从他出生第一天起就经常帮他擦屁股，擦着擦着就习惯了，还真是奇怪！

平常奶奶最疼孙子，自然帮他擦屁股次数最多，熟练的动作，家里没有谁能与之匹敌。

闻闻穿尿布的时候拉便便，奶奶总能准确地判断，开始是闻气味，后来是看表情。闻闻在调皮的本性之下，一旦变得呆萌起来，准是在专注地拉便便，然后脸上露出坏

坏的笑，一定是完成大事了。一拉开尿布，果真是黄黄的
一团。这时奶奶一手抱着闻闻，一手利索地铺好隔尿垫，
然后把他放下，倒水，拿湿巾，拿垃圾桶，拿新的尿布，
拿护臀膏，一切准备就绪。然后解开尿布，奶奶故意做一
个很嫌弃的表情，闻闻开始咯咯咯地笑起来，笑声还未停
止，奶奶就已帮他擦干净屁股，涂好护臀膏，穿好尿不湿，
顺利完事。

两岁的一个夏天，闻闻花一天时间顺利摆脱了尿不湿，
终于不再害怕有红屁股。这个速度有些惊人，我相信，孩
子的适应能力和可塑性绝对是高于成人的。不过任何一次
成长都是带着艰辛的，刚开始闻闻不知道要喊尿尿，等急
了再喊，结果还没来得及脱裤子就尿出来了，为了训练他
提前打报告的意识，那天我们故意不帮他换裤子，经过两
次难受的经历后他就知道要提前喊了。后来他玩得太专注
了，不小心把便便拉在了裤子里，圆圆的便便一咕噜就滚
到了他的裤脚管里，他知道便便脏，不敢动，于是拼命向
奶奶求救，经过这一次痛苦的经历后，就彻底摆脱了尿不
湿。后来他蹲在小马桶上拉完便便，奶奶就对他说："趴奶
奶腿上。"闻闻知道要擦屁股，乖乖地趴在奶奶腿上，屁股
撅得高高的。从此，擦屁股就成了他意识深处一道不能错
过的程序。

有一天，我坐在书房看书，闻闻迈着他的小雀步跑来。
"爸爸，起来……爸爸，你起来……"他拉着我的手让我站

起来，我不知道他又有什么鬼点子。

"干嘛呢？"我问

闻闻不作声，拉着我走进卫生间，然后让我坐下。我一时脑力匮乏，"这是要演哪出啊？究竟什么情况？"我暗自忖度。

把我安顿好后，闻闻打开第二个抽屉，然后拿起一包卫生纸，艰难地用他的小手捏住两张，抽出，胡乱地折叠，皱皱巴巴的卫生纸在他手里像一朵凋谢了的野菊花，他紧紧地攥着，转到我后面，在我屁股上来回擦了两下，然后利索地打开垃圾桶将纸丢进去，站到我面前，神气活现地说："好呢！走吧！"语气与神情里带着小大人的自豪与自信，原来他在与我角色互换啊！

我从马桶上站起，跟在他后面，捧腹笑弯了腰，但一定忍住不出声，不能让他发觉，否则他是要生气的……

　　每个孩子的成长都是一段艰辛的过程。为什么这么说？因为真正的成长都是从无到有，从依赖到独立，从立到破再到立的过程。

　　从无到有，必定要花费很多心思和精力，尽管孩子学习吸收的能力要强于成人，但他们是从零经验开始获取，这一定是艰难的。从依赖到独立，这是一种分离，不管是形式上的还是心灵上的，都需要一段时间的挣扎和适应，尤其是心灵上的独立更为艰难。一个孩子从出生开始，就必定要经历脱离母胎的过程，这是一个生命第一次经历身心的考验。然后第一次摆脱怀抱独自行走，第一次脱离尿不湿独自如厕，第一次拿起勺子独自用餐，等等，这些都是孩子非常重要的成长过程，这里面可能需要孩子无数次的观察和无数次的练习。一个孩子在成长过程中习得的技能和明白的知识，随着他们的成长和学习实践，会被不断地推翻重建，这是一个成长的高级表现，这一定是需要时间、精力和磨砺的。

　　孩子一开始语言的习得和社会行为的习得都是通过模仿来构建的。J·凯根说："对于儿童，模仿可以是一种获

得愉快、力量、财富或别的渴望目标的自我意识的尝试。"儿童模仿最多的对象自然是和他生活紧密相关的大人，所以父母首先应该尽量增加与孩子的互动，至亲的人养育孩子能在生活的很多细节处与孩子互动，一次短短的换尿布过程都能与孩子进行表情上言语上的交流，孩子大些了，也能模仿大人的表情，捂住鼻子说便便臭，这是很好的情感互动过程。其次，父母尽量让孩子去模仿，尽量放手鼓励他们去做。模仿没有对错之分，也无好差之别。只是大人要特别注意自己的言行，尽量不要被孩子学着恶习。此外，尽量放慢自己的动作，让孩子能仔细地观察，认真地体会。孩子在模仿的过程中同时在发展着他的观察力和行为力。到了三岁前后，孩子的模仿行为开始产生微妙的变化。他们已经不再是单纯的模仿，而是在模仿的过程中加入自己的思维和想法，略微创新一下模仿而来的东西。我们在鼓励孩子模仿的基础上，还可以引导孩子以模仿为基础去创新，要允许孩子标新立异，因为标新立异是孩子创新力的重要体现。

孩子会在生活中模仿，在模仿中创造。我们必须看到孩子的变化以及在变化背后的艰辛，从而去支持帮助他们实现更美好的转变。

天使的方式

　　"今天你儿子真是要逆天了！在课上一连打了五个人，不管大小高矮，通打。"我妈一见到我就开始告起她孙子的"黑状"。

　　闻闻上学前幼教班也有一段时间了，以前总觉得他胆挺小的，老被别人欺负，从来不敢还手。最近一段时间他总爱拍人家，似乎拍别人成了他的乐趣，这么大的变化让我们着实摸不着头脑。

　　"爸爸……爸爸……开车回家咯……"儿子若无其事，一副得意的神情。本来嘛，孩子心里哪会藏事。天塌下来也不当回事，因为在他们心里根本没事儿。

　　"今天真是把我吓着了，那个女孩的爸爸当场就发飙了，差点来打你儿子，当时的场面你没看见……"我妈的

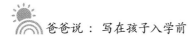

情绪似乎还没有平复，语气显然有些激动。

可以想象，那个女孩的爸爸在现场是一副怎样狰狞的面孔，也可以想象我妈是怎样的提心吊胆、连连赔错，还可以想象老师是怎样的手忙脚乱，阻止了一场正在萌发的事故。

外面下着雨，我从反光镜看看儿子，那双天真无邪的眼，入神地看着窗外的雨滴肆意地击打在车上。"爸爸的车车淋雨了……爸爸的车车淋雨了……"他不厌其烦地诉说着自己的新发现，快乐又兴奋，奶奶说的故事中的主人公似乎和他一点关系都没有。这是一个两岁的孩子，在他的世界里独有他自己的开心方式。

如果当时我在现场，我一定会严厉地教训他，对过错严厉地惩罚是帮助孩子成长的重要方式，这是不容回避的。但是此时，我只能选择沉默，过了最佳的时机，一切教育方式都是没有效的。我问："后来呢？"我妈说："后来只能让闻闻道歉，两个小孩子握手言和了，两人又一起去推车玩了。"

但是我还是忍不住假设，当时如果我在场，如果那个男人上来打了我的孩子，我会不会和他争执动手？一定会！因为大人与孩子之间的较量不是一场公平的较量，也不是一场正义的较量，我自然会毫不留情地出手，并且第一时间报警将其拘留。那么，这样一来，两个天使之间也许是没有恶意的交流就变成了一场交恶的战争。我又怎么能将成人世界的规则过早地强加给他呢？想着想着，我顿感羞愧。

我们成人自认为可以利用正当的手段来处理彼此之间合理的关系，却常常假借一些卑劣的行为之名，处理的结果常常以"破"而终。但是孩子们都是天使，他们用天使的方式处理彼此之间的纯真友谊，尽管彼此之间并未找对适合彼此的正确方式，有时候会用疼痛来交换，但是通过这样的经历，他们慢慢懂得每个人都是独特的个体，彼此应该相互体谅，这就是建立正常和谐关系的过程。他们用无理、不礼貌、原始粗鲁的方式，让自己慢慢地在社交关系中"立"起来。

我其实很想跟那个女孩的爸爸说："爱女心切，感动天地！但孩子之间的关系可以让他们自己慢慢来处理！"

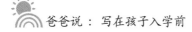

爸爸说：写在孩子入学前

　　孩子的成长阶段中有两个时间起点是极为重要的：一个是寻找自我的起点，另一个是建立社会关系的起点。孩子一般在两岁左右产生自主意识，三岁左右会有结交朋友的渴望。而寻找自我和处理自我与外界的关系又是我们一辈子都在探索的事情。所以，有些问题是极为深奥的，需要人用一生的时间来思考和实践。我们不要小瞧孩子身上折射出来的问题，俗话说三岁看老，三岁娃娃的特质往往会贯穿到人生暮年，甚至到生命终止。

　　两三岁的孩子，独立性和自我意识得到了很大发展，什么事情都想自己做，他们对这个世界充满好奇，强烈地渴望学习新的东西以了解他们所处的世界，在做自己愿意做的事情时，他们很讨厌成人的干涉和帮助。但是他们又没有足够的经验表达自己的情感和处理与外界的关系。他们只会按照自己的方式表达情绪——哭、笑，这也是最常见的抒情方式，有的孩子会用拍打、扔东西表达自己内心的反抗和不满。

　　三岁左右的孩子发生冲突、争吵、打架十分常见，因为有了这些，孩子才有了学习与他人交往的机会，在观察和学习中慢慢掌握与同伴相处的技巧。如果父母见到孩子之间发生矛盾，就立即干涉，替孩子处理矛盾，那么孩子就失去了锻炼和学习的机会。更会让孩子对父母产生依赖，什么事情都要父母替他们去解决，一有问题首先想到的就是父母。这样的孩子在生活中表现出来的是退缩、怯懦、自卑、不能独立解决问题。在大多数情况下，三岁孩子之间的矛盾他们都可以自己解决，大人没必要干涉。当然在极端情况下大人可以立刻阻止或者暂停孩子过激的错误行为，而这样的干涉不能从根本上改变孩子与他人相处的模式。因此为了让孩子学会与他人交往，学会处理人际矛盾，父母放手让孩子自己去解决问题才是最明智的做法。父母应该做的就是和孩子进行沟通：首先让孩子认识到自己的错误，动手打人是不对的。其次要让孩子学会道歉，道歉也是处理人与人之间正常关系的一种方式。但是孩子并没有道歉的意识，有时候虽然心里明白自己错了，但就是不愿意道歉。我觉得在这种情况下，大人没有必要强迫孩子道歉，因为强迫的行为做多了就容易流于形式。最后让孩子明白，下次如果发生同样的事情，应该用协商的方式代替打人。鼓励孩子与对方交朋友，给孩子一些时间和空间，通过他们自己的努力，去改变事情的现状，而不是让孩子能忍则忍或以牙还牙。

在这样重要的人生命题上，父母需要做的是正确引导，让孩子慢慢探索，总结经验，用最好的方式完善自己与外界的关系。

男儿有泪不轻弹

闻闻二十七个月了，奶奶说他越活越小了，最近特别黏人，且特别爱哭。奶奶对他百般呵护，他就越发像牛皮糖一样缠着奶奶，一刻不得分离。

那天中午，闻闻停止哭闹后，奶奶跟他说："我们要做小小男子汉，男儿有泪不轻弹。不准哭……"我在一旁窃笑，"他连自己是男生还是女生都没有清晰的概念，哪里懂男儿有泪不轻弹？"

不过小家伙模仿力和记忆力一向不错，说了两遍他就学会了，似乎也知道这个词用在什么语境中。后来他每次哭闹完，就给自己总结告诫："男儿有泪不轻弹！"眼泪一擦，头一甩，跟没事人似的。他这是把眼泪弹完了，弹不出了，自然就不轻弹了，嘻！这倒可以算是词语新解了。

后来有一次，闻闻吃坏了肚子，去医院一查，细菌感染，医生诊断要挂水。我心中忐忑，反复询问有无他途。当时的第一直觉告诉我，尽量选择药物治疗，能不受针扎之苦自然是最好的。因为在闻闻六个多月的时候，是我带他去做了通鼻泪管小手术，是我亲眼看着那根闪着寒光的针戳进了他的泪管，也是我切身感受到了他在痛苦之中的挣扎。但是医生说："必须挂！"坚定的语气不容任何余地，我只能硬着头皮接受事实了。

挂水室里的人密密麻麻，护士台上的几个护士忙得根本没时间抬头，我把一堆药水和单子交到护士台。护士冷冷地问："叫什么名字？""把发票和诊疗单给我。""到旁边等待叫号。"语速极快，不带任何感情色彩。医生大多是见过生命大世面的人，所以这一种冷静也许是出于职业的训练吧。

三四分钟后，广播里喊"83号，到穿刺台穿刺"。

闻闻来到穿刺台前，显然预感到了什么，渐渐害怕起来。他一只手紧紧地抱住我的腰，一只手抓住我的手臂，脸往我胸口钻，这是他本能地感受到了自己将要面对前所未有的危机。惊恐的眼神完全没有了刚进医院时的好奇。尽管我明白此时任何的语言都无法消除他对疼痛的恐惧，但是我依然安慰他："我们是男子汉，不怕。"

护士抓住他的手，拔出针头，那又细又尖的针头浑身透着冷，那表情就像医生的脸一样冷峻，但它是对抗病菌的军士，如今也只能信赖它了。闻闻的眼泪随着医生拔出

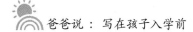

针头的那一瞬间就掉出来了，接着哭声渐起，而后便是狂风暴雨，龙腾虎啸。当针尖刺入他的皮肤进入血管的那一秒，这哭声真叫歇斯底里，如果你见过屠宰场上的屠宰情景，一定会觉得这分贝有得一拼。一时间，我耳边除了他尖厉的哭声，什么都听不见了，至于医生交代了些什么，在那一刻已无心顾及。

护士给闻闻包扎固定好后，闻闻的情绪也平静了许多。他勾着我的脖子，可怜楚楚地说："男儿有泪……不轻弹……呜呜呜……"这回是真的不轻弹了，眼泪啪嗒啪嗒，重重地掉落下来。

对男孩的教育，从我们国家目前的状况来看，是任重而道远的。我们面临的男孩教育问题主要有两个：第一，

随着人们生活条件以及心理观念的变化，离异现象与以往相比，非常突出。而在离异家庭中，缺少父爱或者母爱的男孩比女孩更容易出现问题，尤其在他们青春期会表现出比较突出的心理和行为问题。第二，我们教育系统，尤其是基础教育阶段，女老师的比例远超男老师。男女比例的不协调，对男孩的影响是非常大的。这些现实的问题很有可能直接影响孩子的心理素质以及男子汉气概的培养。

有一天，我打开电视，突然发现电视荧幕里青春靓丽的少年们都趋向于中性特征，甚至有些表露出明显的女性化特征，而媒体还大肆吹捧，美其名曰"可爱"。我感到很惊讶，这样的潮流主导势必会影响一代人的审美标准。当然，我并不是说哪个时代的审美一定比当下的好，这没有一个确定的标准。但是，我们要思考的是，属于当代的至美少年应该是什么样子的？当下我们心目中的男孩子应该是什么样子的？是妖娆、退缩、暴躁、脆弱，还是活泼、大方、礼貌、坚强？我想，答案是很明确的，因为对人的审美一定是存在很深的文化根基的，从远古延伸至未来，一脉相承。

民间有一句古训："穷养儿子富养女。"这句话真正的内涵是男孩要穷养，吃苦受罪，历尽沧桑，日后方能有所作为，有所担当。女孩要富养，生活精致、无忧无虑，优越的生活就像一针强劲的免疫针，使她以后会对抗诱惑，明辨真伪，成为知情识趣优雅美丽的女子。这句古话我觉

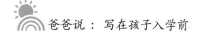

得非常有道理，这里的穷并不是贫穷，并不是让你在儿子面前装穷，而是让他经受生活的磨砺，强化其意志，锻炼其胆识。设想一下，一个男孩生活在温室里，娇滴滴地长大，长大后脆弱的像花瓶，没有担当，遇事退缩，处事像女孩一样娇羞，我想谁见了都会作呕。所以，我觉得，在对男孩子的教育中，父母首先要学会欣赏并适当保护男孩子的野性，男孩大多骨子里透着野性，这是男孩和女孩比较重要的区别。父母千万不要因为男孩子调皮、运动量大，给自己添了很多麻烦而没有来由地批评孩子。我在平时的教学过程中也非常注意保护男生的野性，或者说他们的调皮。经过长时间的观察和验证，这样的男生到了青春期十五六岁就会渐渐成熟起来，这种调皮和野性会渐渐平稳下来，这时候他们学习做事的潜力会爆发出来，这就是我们所说的"后劲"。假如，我们早早地打压孩子的野性，就同时消磨了他们的活力，最后也就谈不上后劲了。其次，学会放手，不要过度保护。给他独立的空间，培养其独立的意识，让他正确地意识到自己是谁，自己有多少能力。在游戏中，我们可以鼓励孩子独自走过独木桥、独自爬山、摔倒了独自爬起来拍拍身上的泥土。坚强的性格就在一次次的承受中变得强大。第三，学会平静而坦然地面对挫折和疼痛。适当的挫折和疼痛，会让他知道界限，同时也可以培养他的忍耐力。知道疼痛，孩子就会自律，懂得分寸。一个人不管是对自己，还是对别人，为人处世都必须知道分寸。而对疼痛的忍耐力也是他能挖掘多少潜能的标志，一般对疼痛、苦味的忍受阈值比较大的孩子，今后对生活的挫折和打击的忍耐力也比较大。

最后，不得不明确的是，对男孩子的教育是一项特别、特殊、特有意思的教育活动。而对男生的培养绝对缺不了爸爸的陪伴，因为只有在爸爸身上才会有传承而来的男子气概，带着力量和内涵。

清晨别离

　　树上有一个温暖而又坚固的窝，窝里有一只可爱的雏鸟，咿呀唧啾，无忧无虑。太阳升起，清晨的苍穹透明而又寥廓，鸟妈妈扑扇着翅膀离巢而去，为她的孩子寻找食物。雏鸟忧伤地望着妈妈渐行渐远，最终消失在视野尽头。有一天，雏鸟长大了，学会了飞翔，在太阳升起的清晨，它也扑扇着翅膀离巢而去，寻找自己向往的远方，妈妈担忧地看着它，慢慢消失在光影之中。

　　世界上有两种人，一种叫父母，一种叫子女。他们常常目送着彼此离去，并且在无数次的别离中彼此成全，彼此成长。

　　一个初日悬空的清晨，空气里带着寒意，阳光就像一个光明的使者，穿云越尘地来了。推开门，一切都是新的，花是新开的，草是新长的，鸟鸣是初醒的。闻闻和爷爷大清早就出去遛弯了，赏花赏草，听听鸟叫，生活在他那里总是走得那么慢。而我背着包，匆匆赶路，看见他可爱的脸，亲了一下脑袋就转身离开。闻闻着急地在身后呼喊："爸爸，爸爸……"我转过身，看见晨雾里的闻闻穿着橘黄色的衣服，在初日晨曦中就像结在树上的橙子，这样的颜色和生命的气息是鲜亮有活力的。我给他一个飞吻，跟他挥手告别。他睁着眼，看着我慢慢走进地下车库，隔着一层玻璃，我消失在他的视线里，同时他也消失在我的视线里。就在这一刻，我的心里第一次感受到告别是多么沉重，哪怕是短暂的分别，也饱含着深深的思念。就在这一刻，我才明白：对一个人的牵挂，其实与时间没有关系，牵挂的理由只因其不在眼前，而我不知道下一刻会发生什么。在这个美好的清晨，我就像一个初生的生命，第一次感受到有一股复杂的暖流在心底淌过，越淌越远，越淌越深。而随着年岁的流逝，这一股温暖背后留下的却是无尽的悲伤。这时的闻闻才一岁。

一年后，又是一个似曾相识的清晨，我背起包匆匆告别。闻闻见我要出门，问："爸爸去哪里？"我答去上班。他说宝宝也要去上班，说着自己就去换鞋。我连忙阻止，跟他说拜拜，他也挥挥手说拜拜，眼神里依然充满了不舍，和一年前一模一样。我慢慢退出门，慢慢把门关上，他渐渐消失在门缝里。他透着门缝喊："爸爸，慢慢走，扶好扶

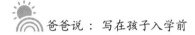

手。"他说的话总是像小大人似的。我穿过楼道，看见他已经站在阳台上，透过阳台下面矮矮的玻璃，向我挥手。我也跟他挥挥手，给他一个飞吻，似乎和一年前一样。但是离别的悲伤和内心的不舍似乎重了些，这大概是因为一个生命在我的生命里扎的根越来越深了吧。难怪有人说，人越老，就越放不下这个世界，我想是的。

清晨的别离与黄昏的相聚，像极了人一辈子的写照，其实我们每一天都在书写人生。不过只是经历了清晨时的别离，才能深切地理解爱，才能在无数次的不舍中成长，才会让黄昏时的相聚更具温度。

以前我不明白，为什么垂暮的老人会特别留恋这个世界，尽管各种官能的衰退带给他们太多的痛苦，他们依

旧想像往常一样盯住自己的生活。现在我似乎有些明白了——因为这个世界有你始终不可放下的牵挂的人。

孩子就是父母最深的牵挂。人往往有了孩子就会有变化，在孩子面前我们会变得更加成熟，更加小心，而孩子的成长必定要成为父母最深的记忆。在这样一种充满哲理和诗意的对等变化中，大人在走向成熟，孩子在不断成长，而这些变化都基于爱。我觉得在人的所有情感中，最刻骨铭心的，最缠绵久远的就是对孩子的爱。这种情感牵绊人的大半生，直到死亡，不减半分。

龙应台在《目送》中写过这样一段话："我慢慢地、慢慢地了解到，所谓父女母子一场，只不过意味着，你和他的缘分就是今生今世不断地在目送他的背影渐行渐远。你站立在小路的这一端，看着他逐渐消失在小路转弯的地方，而且，他用背影默默告诉你：不必追。"在目送的生活演绎中，我们才能感受到爱，才能找到心灵的根。分别不分长短，在父母与子女之间哪怕是短暂的离别，都会让人牵肠挂肚。

关于别离，有一件事一直在我记忆里清楚地存留着。那时我上幼儿园大班，读村小，条件艰苦，但学校与家距离挺近的。我平时的生活学习都由我妈料理。有一天听我妈说要回外婆家，外婆家在镇上，骑车大概二十分钟。但在我眼里，这已经是极远的距离了。那天上学我的心里总是忐忑不安，我在想：我妈去了外婆家应该不回家了吧，

那我一个人怎么办？如果她永远不回来了怎么办？一系列的问题和担心让我越想越害怕。一次不确定时间的离别在孩子心里是会被无限放大的。后来我绞尽脑汁终于想出一个好办法：我在上课的时候假装肚子痛，痛得蜷缩在座位上不能动，老师没办法只能把我送回家。没想到，我妈好端端地在家待着呢。但是戏还是要演好，不能穿帮，等老师走了，我的病也就好了，后来被我妈臭骂一顿。

这样的现象在我儿子身上同样也出现过。儿子两岁，平时都由奶奶带，有一次我妈去扔垃圾没有告诉他，他突然发现奶奶不见了，立马号啕大哭起来，一直哭到奶奶回来，任凭我们怎么说都说不服。后来我问他，为什么要哭。他跟我说，他以为奶奶出去了就不回来了。

我现在才明白，离别对于孩子来说是十分重大的事情，不期而别对孩子来说会造成心理负担。这种心理负担在某种程度上就是对心理依恋的挑战，也是一种情感脱离的恐惧。当然，从正面的角度看，人有了情感的联结才会感受到生活的温度，以及对生命的珍视。在孩子面前，我们尽量不要上演"不期而别"的剧。我们在离开之前一定要跟孩子说好几点回来，大概需要多长时间，孩子就会有心理准备，担心和恐惧也就不会产生了。

上班去

　　人总有一天会长大，岁月之河在人的生命中越流越远，直到虚无。在某一天，你会发现，你眼前的人一下子长大了很多，而这又是真切的。

　　闻闻出生后的第900天，他说要去上班了。那一瞬间，我感觉他似乎有了不小的变化。

　　一大早，闻闻起了床，吃饭的速度似乎比平时要快一些。一切琐碎的事完毕后，他开始翻箱倒柜，那搜寻东西的样子颇似一只小地鼠，不断地往深处挖，再往深处挖。最终，他找出一个黄色布袋子，看了看，还行，挺干净的。然后他拖着布袋子，往地上一放，张开袋口，把自己心爱的工程车、小轿车往里装。边装边自言自语道："这个是要带的，这个也是要带的……"袋子装满后，他拉一下袋口，

拎起来，挎在自己的臂弯里，看样子准备出门。"我去上班了，拜拜！"他小手往嘴上一抹，做个飞吻，然后匆匆闪出门外，轻轻掩上门。

门关上的一刹那，我的心也随之咯噔一下，说实话，我还挺担心的，尽管我知道他并不会走远。但是我突然意识到，每次我们跟闻闻说拜拜的时候，每次我们消失在门外的时候，他是否同样思绪万千？是否也同样有一种莫名的不舍？还有，他刚刚各种匆忙的准备，不就是我们日常外出的样子吗？有了孩子后，我们的每次外出就好像即将开始一段长途旅行，水杯、纸巾、玩具、食物等都得齐备。你看他把布袋往手上一挎的动作，和奶奶出门买菜如出一辙，他就是个小大人！

大约过了二十秒，闻闻快步流星跨进了门。"我钥匙忘了，钥匙在哪里呢？"他一副行色匆匆的样子，满脸焦急。然后急急忙忙四处翻找，仿佛一头失了方向的小蜜蜂，到处探秘。最终他在奶奶的手提袋里找出了钥匙，放入自己的黄色布袋里，长吁一口气。"噢！原来在这里，终于找到了……"他又挥挥手，"我走了，拜拜。"然后再一次消失在门外。我们都被他的表现逗乐了，同时又屏息相视，等待着他接下来的大戏。

"啊呀……钱包呢？钱包忘了……"果然，闻闻火急火燎地冲入房间，四处寻找，一脸严肃。我们在一旁笑得抽筋，他却演得投入，真是一个称职的好演员。可惜钱包这种贵重的东西，他自然是找不到的。最终，他拖着我的无线键盘出了书房。我赶紧拦下，若不制止，我新买的键盘可就废了。

太令人吃惊了！这上演的一幕幕"生活剧"，不就是以我们平时的表现为底本的嘛。这来来回回地找东西取东西，我和他妈妈曾经上演过几回，没想到其中的"精髓"他拿捏得那么准确。在演绎的内容里没有刻意的成分，没有艺术的处理，就是生活的再现。

有句话想来是正确的！家庭是社会的缩影，孩子是家庭的缩影。我们做父母的都得谨言慎行，都得好好修炼。孩子拿我们做模本，那么我们为了孩子的健康成长，就必须苦苦修行。

J·凯根说："对于儿童，模仿可以是一种获得愉快、力量、财富或别的渴望目标的自我意识的尝试。"孩子在从

无到有的过程中，大多数社会技能是通过模仿得来的。模仿是儿童从一个简单的生命状态过渡到一个复杂高级状态的行为表现，也是儿童从内在世界走向外部世界最早期的实践过程。

孩子向谁模仿？第一对象就是父母，因为父母是孩子生活中接触最频繁的，与之关系最亲近的人。孩子在很小的时候就学会了观察，而观察的过程是从粗到细、从大到小、从外到内变化的。观察到了一定程度，就开始模仿。一个能模仿的孩子，首先注意到的一定是父母亲常说的话或者常做的动作，然后会关注到父母的神态、细小的变化，再后来就能通过对方脸上的表情眼神等揣测对方的心情。所以，孩子在小的时候不听话，你要是揍他，一揍一个准，他绝对跑不掉，不是因为年龄小跑不快，而是因为他还没法揣测大人的心思。但是到了青春期，孩子变得极其敏感，因为他们在以往无数次地被揍当中积累了不少经验，当你语气上稍稍发生点变化，他就能辨别出来，还没等你发火，他准跑了。之后，你会发现，在孩子处事的过程中似乎也带着父母的影子：父母易怒，孩子就易怒；父母懒惰，孩子就懒惰；父母贪玩，孩子就贪玩……所以，我不得不告诫所有的父母，要让孩子好好学习，请你们也一定要好好学习。我特别不理解那些常常当着孩子的面玩手机，却非得让自己的孩子静下心来看书的父母；我也特别不理解自己常常出去喝酒搓麻将，却非得让自己的孩子寸步不离家的父母；我还特别不理解那些认为孩子的成长是孩子自己的事，孩子的学习是老师的事的父母，这样的人做父母真是太无知了！

父母就是孩子的榜样，是孩子的第一任老师，并且是最重要的、影响他们一生的老师。孩子到了三岁前后，他们的模仿能力渐渐变强，而此时他们的团队意识还没有萌发，孩子模仿的对象必定是父母以及他们最亲密的人。三岁之后，孩子的模仿行为开始产生微妙的变化。他们已经不再单纯的模仿，而是在模仿的过程中加入自己的思维和想法。这是一种高级的模仿行为，我把它称之为创造性模仿。这是从模仿能力到创造能力的过渡。所以我能给父母的最好的建议就是：一，做好自己，让孩子能探寻到正确的道路和美好的自己。二，鼓励孩子去做，尽量放慢自己的动作，满足儿童模仿的需要。三，及时纠正孩子不正确的言行，让孩子形成正确的行为习惯和心理习惯。

如果想要自己的孩子变得比我们更加优秀，那么当孩子开始有了模仿能力的时候，我们就得开始不断修炼自己，做父母的必须时刻记住，我们是孩子最重要的榜样！

分享与使坏

　　"小孩子都是王，他想要的东西没有得不到的，你想要拿到他手里的东西，门都没有，都是人精。"同事讲起自个儿宝贝的事情来，总是眉飞色舞的，我知道孩子是她的全部，其实每个孩子都是父母的全部。

　　这样的话我听了很多次，但是每次听就只是听着，从不发表言论。因为我一直在思考一个奇怪的问题：闻闻的这种自我意识我怎么就没看出来呢？按照书上说的，孩子到一定时期就必定会自我意识膨胀。难不成闻闻的这项特征迟到了？平日里他对待所拥有的东西，倒是挺乐意与他人分享的。我们也乐在其中，每次吃水果，他总是非常自觉地拿几个过来给爸爸吃，给妈妈吃。然后我们很开心地说"谢谢"，他也很得意地笑，这种满足感似乎比他拥有东

56

西更重要。

我相信闻闻是独一无二的，我也愿意他是独一无二的自己。事实上，每一个生命的成长之路都是无法复制的。闻闻有自己的成长轨迹，他在别人学爬行的时候学走路，后来走路学会了，爬行也挺利索；他在别人咿咿呀呀学说字词的时候，就开始唱红歌，调子还挺准。现在先让他学会分享，在分享的过程中发掘自我存在的价值，这也许会带有更深的善意，那么这就是他几世修来的福了。

但是，表面上看起来善于分享的小孩子也会使坏，这让我匪夷所思。

最近闻闻特别爱吃山楂片，他说酸溜溜的好吃。我很不屑地对他说："不是好东西。"他毫不含糊地回我话："好东西！"好吧，不争辩了，喜欢就行。其实，山楂片是我们80年代孩子的常备零食，那时候经济条件不好，山楂片既便宜又开胃，大人们舍得买，孩子们也爱吃。但是这样的零食往往会打上时代的印记，于是落后与低廉自然而然联系到了一起。没想到，现在的孩子依然喜欢，他们每天都有那么多精致的东西吃，而这低廉粗糙的零食反倒成了他们的稀罕物了，真是打破了我对山楂片的成见。

晚上，爷爷坐在沙发上看电视，闻闻手里攥着山楂片，吃得津津有味。他突然发现自己吃得乐在其中，但是爷爷没什么吃。于是撕开包装，小心地取出两片，轻轻地塞到爷爷嘴边："爷爷吃。"小手把山楂片攥得紧紧的。爷爷乐

得直夸闻闻真乖真懂事。当爷爷伸着嘴即将够到东西的时候，闻闻以闪电般的速度将山楂片塞进自己嘴里，啊呜啊呜地吃起来，还若无其事地说："我自己吃！"这声音仿佛是故意在馋爷爷。爷爷点着他的小脑袋直摇头。

这鬼东西，一点点大居然会使坏！这是跟谁学的呢？孩子不是一张白纸吗？日常生活里，我们可从来没有跟他这样做过，难道是骨子里天生的调皮？哎……不知如何解释。

学文的人，我总觉得有一点不好——就是想太多，有用的、没用的都想。我在上大学那会儿就听老师讲过孟子的性善论和荀子的性恶论。那时候，我个人的理解力是达不到这么高层次的，但我总觉得这个问题就像是鸡生蛋还是蛋生鸡的问题，一直困扰着我。后来干脆不去想了，只能安慰自己：真正的哲学是想不明白的，只能无限制地靠近它。

看着一个孩子从出生到能走路再到会说话，然后渐渐有了思想和意识，我似乎对性善和性恶的问题有了一点点自己的看法——人本无性，更不论性善还是性恶。这与荀子所说的"性者，天之就也；情者，性之质也；欲者，情之应也"不同。我从孩子成长的过程来看，善与恶都是在后天习得的，和人的本源无关。但是善与恶的形成一定与教育有关，尤其是无意教育。所以，家庭教育远比学校教育重要，因为生活中的言传身教大多在家庭发生，再加上父母亲人都是孩子最信赖的人，影响力自然更大。

其实，当下的父母都特别注重孩子的教育，但有的人迷茫，有的人过度，有的人焦虑。不得不承认，教育其实是一件特别复杂的事情。这件事情的复杂就在于它没有可复制的模板，孩子都是不一样的孩子，孩子又都是绝对变化的个体。

而关于孩子的分享习惯，包括其他的一些优秀习惯，都是需要在一段比较长的时间里培养而成的，或者是言传，或者是身教。我们家长特别要注意，千万不要因为分享是我们认为的好品质，就一定要让孩子严格执行，一旦孩子不执行，就给他贴上自私、小气的标签。这样的做法其实对孩子的伤害是特别大的。孩子到了三岁左右会进入自我

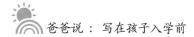

意识阶段，这个时期的孩子大多都不愿意把东西分享给别人，甚至看到自己喜欢的东西就抱在怀里不肯松手，这些都是很正常的现象。面对这样的情况，我们做大人的要一次次耐心地教孩子，跟孩子交流。我教孩子分享就常现身说法，我有好东西吃，常常分给孩子，但是在孩子养成分享的好习惯之前，我一般不会悄无声息地塞给他，而是会问："爸爸这里有好吃的，你需不需要来一点？"孩子都是馋的，一般都会点头。然后我给他一半，并且说："好，爸爸把这么好吃的东西给你分享，每人一半哦。"这样的做法其实是在暗示他有好东西也要学会分享，并且直观地演绎给他看。多次之后，孩子会在心里形成分享的意识，渐渐地成为习惯。

推想而知，善意、美好都是在重复了多少次之后才能形成的习惯。而一个孩子并没有善与恶之分，只不过我们需要用善的行为感染孩子，让他们看到一个善意的世界。

不存在的存在

    存在与不存在，这本身就是一个很复杂的哲学命题。在我们生存的大千世界里，超越我们认识的东西数不胜数。它们并非完全由我们的眼睛来判定，而心灵所抵达的地方往往比眼睛更深远。

    这是我从闻闻身上得到的启示。

    闻闻越长大，越有思想，就越不愿随从大人的意愿。自从吃上了旺旺雪饼，闻闻的吃饭就出现了问题。也难怪他会钟爱雪饼，旺旺雪饼确实好吃，连我至今都无法推却。在我的学生时代，旺旺雪饼开始风靡。白白的雪饼如胭脂，面上的糖衣如霜花，松脆香酥，甜中带咸，口感极佳。旺旺雪饼似乎瞬间抓住了我们所有人的嘴，一时间我惊奇地发现身边所有的人都在品尝或是谈论旺旺雪饼。还有，小

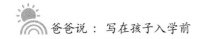

伙伴们都开始把旺旺的图片从包装袋上剪下来，贴在课本上，然后各种炫耀，旺旺就是当时的时尚。说实话，我也对旺旺的形象喜爱万分，圆圆的脸蛋，笑容灿烂，甚是可爱。只是苦于当时经济条件的限制，能吃上一回旺旺雪饼，那就是一种奢侈，确实值得炫耀一番。所以，也只能将旺旺的图片珍藏在书页里，时不时地打开来看一看，既是视觉上的真实满足，也是味觉上的虚幻享受吧。

给孩子买旺旺雪饼或许纯粹是为了满足自己往日的情怀，因为此时的旺旺雪饼显然不能算高端食品了。我指着包装袋上的娃娃告诉闻闻："这是旺旺，是爸爸当年最喜欢的旺旺。"他盯着旺旺看，嘴里不断地学着念"旺旺"，然后用手小心地摸一下旺旺的脸，得意地笑。

后来他尝到了旺旺雪饼的滋味就分不开了，旺旺也成了他心里的权威。当然，旺旺也同时成了我们用来调节闻闻情绪的工具。

那天，闻闻在吃饭前闹着要吃水果、吃糖，就是不好好吃饭。我严厉地阻止，闻闻被我大声的呵斥吓哭了，委屈地连连抽泣。我拿出旺旺来哄他，我对着旺旺说："旺旺，闻闻吃饭时还吃零食，还不听大人话，是好孩子吗？""不是，好孩子应该乖乖吃饭。"我学着小孩子的口吻回答。闻闻看见我与旺旺对话，也听见了旺旺稚气的声音，非常好奇。他立刻停止哭泣，专注地看着我，似信非信。我猜他这一刻一定在心里编织着一个十分神奇的童话故事。

　　他伸出手，抓住旺旺雪饼，很认真地看着笑颜如旧的旺旺，把嘴凑上去说："旺旺，我可以吃糖吗？""旺旺，我能吃水果吗？旺旺……"我看着他这傻傻的可爱样，差点笑出来。

　　"爸爸，旺旺怎么不说话？"闻闻疑惑。

　　"额……旺旺不说话，就表示不同意。他就是让你吃完饭，过会儿才能吃水果，不然他就不理你。"我继续编述着一个不存在的故事，但是在闻闻那里却早已踏踏实实地存在于心底了。他开始大口大口地吃起饭来……

　　不得不感慨，旺旺已经成了闻闻心中不存在的存在。我想，这种存在一定是美好的，因为我为他编述了一个美好的童话，旺旺就是这个童话的主角。童话为什么美？因为孩子相信。

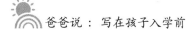

　　"父母之爱子，则为之计深远。"这是《战国策·赵策》中的话，它说的是父母在教育子女的过程中，一定要用长远的眼光看问题，要为子女的长远发展考虑。那么怎么样才算是长远的发展呢？我想一个人能成为"人"就是长远的发展。而一个人之所以能成为大写的人，一定和他的人生品格相关，而品格的形成与父母的养育之道就息息相关了。

　　孩子来到这个世界上，是一张白纸，他的行为方式和言谈方式，甚至是思维方式，都会受到爸爸妈妈的影响，当然也会受到周围亲人朋友的影响，但是孩子和父母在一起的时间是最长的，生活细节的触碰点是最多的，因此爸爸妈妈就是孩子的人生榜样。从青少年行为问题和心理问题的案例中可以发现，一个孩子的问题绝对不会是他一个人的问题，大多数孩子的问题都是家庭带给他们的。《正面管教》中坚持的教育理念是"和善而坚定地引导"，这样的理念是正确的，它会使孩子长久地受益，也会让我们成为更优秀的父母。

　　我们很多人在平时的生活中都会有急躁的时候，尤其是对孩子的表现，有时候逆顺从，有时候逆道德，有时候逆理解，在调皮的、倔强的孩子面前我们特别容易暴露凶恶的一面。其实这样的表现是没有考虑到我们面对的只是一个孩子，我们往往用成人的道德标准去衡量一个孩子，这是不公平的。而我们的大吼大叫在孩子那里要么让他们毛骨悚然，一时不敢言语，要么让他们感到莫名其妙，以后不愿意再和你交流，甚至，我们的孩子在以后碰到不如意之事时，也可能会模仿这样的暴躁和凶恶。那么，我们教育孩子的意义在哪里？所以，我们在遇到孩子不听话的时候、哭闹的时候，应该暂停下来，等自己内心的怒火平息之后，再寻找美好而又善意的方式正面引导。我在发现孩子因零食而不好好吃饭的时候，为了他的健康而着急地训他，他第一秒接收到的信息是恐惧害怕，所以用哭的方式来回应，如果这时候还是用厉声来教育，其实是没有用的，孩子接收不到你所要表达的信息。我那时候很快就意识到其实这件事情不能一味地责怪孩子，首先，零食是哪里来的？还不是我们带回家的吗？其次，孩子都喜欢口味好的东西，喜欢新鲜的东西，这是一种本能，不是错误。最后，孩子既然是无辜的，那么我为什么要用这样严厉的方式训斥他？孩子明白一个道理是需要时间的。既然孩子喜欢旺旺，我就找来旺旺，顺其势，用其物，用孩子喜欢的方式和他交流，很快就把这个问题解决了。

感知生死

　　小区里的老猫前两天生了几只小猫，小猫很可爱，"喵喵"地叫，奶声奶气，像风里的银铃声。在沉寂惯了的小区里，这样的声音一定牵动了不少人的耳朵。

　　后来，有一只小猫不知怎的，掉进了屋后面的窨井坑里，窨井坑不知排了什么管道，坑口不大，倒是挺深的。小猫爬不上来，害怕极了，惊恐的声音带着绝望的慌张，歇斯底里，一声接着一声，没日没夜地叫。我想老猫一定也没辙，正急得团团转。闻闻听到小猫凄厉的叫声，就凝神屏息，满脸焦急，眼神里满满的害怕与恐慌，像发生了什么天大的事。于是，我决定告诉他实情，闻闻知道小猫有了危难，非得让我下去看看。

　　我循声而去，但是屋后面茂盛的灌木丛，还有各种杂树、野草，让我无处下脚，只能作罢。我上楼把门窗关得严严的，小猫惨烈的叫声小了很多，渐渐地，我们的注意力与小猫就分道扬镳了。

两天之后的中午，我躺在床上翻着书，窗外簌簌的树叶声让我感受到风的爽朗，阳光烈烈地照在树枝上，树叶摇头晃脑，似乎在躲避什么。突然在我潜意识里闪过一道缺失了的声音。小猫呢？怎么没声音了？我静静地听了几分钟，还是没有。我跟在一旁玩得正高兴的闻闻说："闻闻快来，小猫还叫吗？"闻闻再度聚神屏息，小心地听了一分多钟。他回过头，我们四目相对，他煞有介事，特别严肃地对我说："猫咪死了！"

"你怎么知道猫咪死了？"听到这句话我倒真有点悲伤起来。但我很好奇，在闻闻的生命里还没有遇见过死亡，他怎么知道"死"这个概念的？

"没声音了。"他说得神秘兮兮，仿佛事已成真。逻辑完全正确，这倒确实让我陷入沉思。

小猫的事就这么没有结果地结束了，不知道是不是真如闻闻所说的那样，反正我是有点信了。后来还有一件事，我真被他吓着了。

那天晚上，爷爷早早地睡了，或许是工作太累。我们全家人的心思和注意力都在闻闻身上，对于谁早睡谁晚睡，似乎已经很久没关注了。闻闻每天都要在爷爷床上腻歪一阵，今天发现爷爷关了灯。他在外面徘徊了很久，没敢进

去。照理不应该啊，以前不管谁的房间，他总会像强盗一样横冲直撞地进去。今天怎么一反常态呢？后来实在没辙了，他便来拉我手："爸爸，爸爸，去看看爷爷吧。"他轻轻地说，但语气里带着些着急，也带着些恐惧。我没理会："你自己去呗，爷爷睡着了，你看看就走，别打扰。"他非得要拉着我一起去，他说"我怕。"我问："你怕什么？"闻闻压低声音，神秘兮兮地告诉我："爷爷没有声音了，死了！"我一听这不吉利的话，赶紧"呸呸呸。"但是我的心着实一愣，确实没声音啊。我爸平时睡着了必打呼噜，今天怎么没有声音呢？可他明明睡着了呀。我的心开始紧张起来，妻子在旁边推推我，让我快去看看，怪吓人的。我心里一阵慌张，悄悄躲在门边看了几分钟，故意弄出很大的动静，希望能看见他动一下。后来，终于看到他翻了身，我的心才落下来，虚惊一场！

我再一次思考起一个问题：闻闻怎么知道"死"这个概念的？他怎么知道声音的断绝就可能预示着死亡？他为什么这么早就开始恐惧死亡？他是否天生能探求生死最根本的意义？一连串的问题都似乎无解，我只知道他有了最初的生死感知。这太神奇了！

爸爸说

托尔斯泰说:"要是一个人学会了思想,不管他的思想对象是什么,他总是在想着自己的死。"直到某一天我看到这句话,我才确信生死教育并没有年龄的限制。

生死是一个人生命题,也是一个哲学命题,很深刻,我们用几辈子去参悟生死都不会有终极的结果,所以生命教育常常被人忽视。棘手的问题来了,当下我们常常因听到犯罪嫌疑人是学生这样的新闻。很多人在问,中国的教育到底怎么了?这是个大问题,不好回答,但是可以肯定的是,这些孩子对生命的漠视来自生命教育的缺失。于是有人怪罪老师,认为老师的教育方向有问题,孩子的教育问题都是老师的问题。这是真相吗?很负责任地告诉你,学校教育永远取代不了家庭教育。生死教育应该发生在家里,发生在孩子的生活里,在此基础上,学校进行系统地教育引导,才能让孩子形成正确的生命观。在生活中,孩子见到动物去世,看到树叶飘落,看到亲人离世,看到蚊子被拍死,清明节扫墓等等,都是生死教育极好的机会,真切的体验永远比课堂上空洞的说教来得有力量。

比海洋更宽阔的是天空,比天空更宽阔的是人的思想。

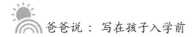

不要小瞧儿童，他们也许经验不足，但是他们的心灵和思想是不受限制的。孩子某一天说出死亡这个词的时候，有可能他只是对生死有了一个模糊的概念，并没有生成对应的情感反应，有可能他听到家里的小花猫死了还哈哈大笑，这时候大人们千万别去嘲笑批评，要慢慢地引导，我们必须明白任何一种现象让孩子达到共情的效果一定是需要时间的。而生命观、生死观的培养应该是从幼儿开始的。在生活的细节里慢慢地让孩子理解死亡，不惧怕，不轻视，不逃避，不夸大。圣奥古斯丁说："人生中一切都是不确定的，只有死是确定的。"生与死都是生命过程的事实，不可回避。因此，每一个人都必须知道自己是怎么来到这个世界的，自己又将归到何处，这一点应该在生命教育中完成。进而还应该思考人生的意义价值在哪里，这就涉及对"人"的深层次理解了。这一项任务是非常艰难的，甚至是艰巨的，因为这不仅是科学的问题，也是伦理学的问题、哲学的问题。

希望所有的爸爸妈妈在教育孩子的过程中，都重视起生命教育。

选择题

闻闻有两个好朋友，一个是小牛，一个是小猪。

小牛，黄白相间，可爱卡通，毛质绵软，有点像小朵胡羊毛。小猪，粉色，形象逼真，毛质顺滑，有点像貂绒毛。闻闻给它们分别取了一个名字：小牛叫黄黄，小猪叫粉粉。

黄黄和粉粉，白天陪闻闻玩，晚上陪闻闻睡，形影不离。闻闻对它们疼爱有加，有时候出门也要带上它们。从此，黄黄和粉粉就成了闻闻的宠儿，不仅是捧在手心里的宠儿，还成了闻闻心里绝对信任的倾诉对象。曾经，我十分好奇地偷听过几次，闻闻对着两个小伙伴说得可认真了，只可惜我什么都没听懂。孩子的语言，有时候会跳出逻辑，我称之为"火星语"。慢慢地我发现，闻闻把黄黄和粉粉放在生活情境中与它们对话，在语言训练成果上，这两个小

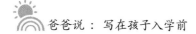

玩偶真是功不可没。

　　某夜，我看闻闻如此喜欢，等他与黄黄、粉粉说完心里话，我拿起两个玩偶，问："闻闻，黄黄与粉粉之间你更喜欢哪一个？"闻闻不假思索地答："黄黄。"其实，从材质上来说，我更喜欢粉粉，因为粉粉做工更精细，质地更好。但是孩子可不会以此为依据来做选择，我知道，黄黄先来到他身边，跟他在一起的时间比粉粉长很多，自然感情要深很多。但是，我转换语气给他出了个难题："宝宝这么说，粉粉可要生气了，你选择了黄黄，它要不理你咯。"闻闻转过头盯着粉粉看，看着粉粉的可爱样，想想还是不忍心。他用手摸摸粉粉顺滑的毛，很显然，他在思考、选择、权衡。他想了想说："我喜欢粉粉。"这下我把粉粉腻到他怀里，装出很开心的样子。闻闻也像是一个得胜的将军，抱着粉粉，亲吻着粉粉，开心极了。转眼，我拿起黄黄，悲伤地哭起来："这下我不高兴了，唔……太伤心了，闻闻不喜欢我，那我就走了。"这下可难为闻闻了，他从开心未尽的状态瞬间转入到对黄黄的关注，他皱起了眉，一只手抓着粉粉，一只手过来抓起黄黄，这可怎么办呢？似乎都是他的心肝，都舍不得啊。我试探着问："这可怎么办？"闻闻想了想："那……我两个都要！"说得倒很利索，语气坚定。这个选择是他权衡了不少时间的结果，这下我终于没办法为难他了。

　　选而未选为上选。我很高兴，在这样一个为难的过程中，闻闻似乎学会了选择。虽然选择要讲究原则，选了一个就得放弃一个，这是取舍，这是人生的大学问。但是有时候，生活需要一些聪明的人来打破常规，如果找到第三种方式，甚至是第四种方式，会不会有不一样的惊喜？在这一道选择题里，闻闻的选择似乎没有选择，但是他兼顾到了彼此之间的需要，古人讲的圆通和中庸，不正隐含于我们生活中吗？

　　学会选择，对于一个孩子的成长来说，具有非凡的意义。也可以说，我们引领孩子成长，就是要给他们选择的权利和选择的机会。因为在选择的过程中，孩子会慢慢强化自我意识，形成自我归属感。

　　皮亚杰曾经表示：六岁之前的孩子几乎将全部的热情

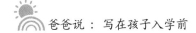

和注意力集中在自我意识的构建中。在孩子两三岁的时候，他们的自我意识非常强烈，看到自己喜欢的东西就认为是自己的，不允许别人碰。任何的事情都要自己做。那么，我们在教育的过程中，一定是慢下脚步，耐心等待，不管多么小的选择，都要让孩子主动操作，让孩子获得一种参与感。孩子做出了选择，就会感到自己受到重视，心里就会获得极大的满足。所以我们要让孩子学会选择，掌控自己的事情，培养孩子独立意识，学会为自己的行为负责。

说实话，选择也是一种能力，孩子刚开始的选择往往只注重事物的颜色或者形状，甚至不知道怎么挑选，然后越来越关注事物的功能以及自己个性化的喜好，再后来会关注他人，会在权衡中做出选择。这样一个看似很浅显的变化，实际上代表着孩子正在走向独立，慢慢成熟，形成社会化人格。选择的过程不仅有助于提高选择能力，还能提高孩子的判断力、审美力、思考力，甚至是创造力。三岁左右的孩子已经有一定的判断力和审美力，他们是在与外界环境的互动以及自己的选择中不断成长的。他们对外界有着强烈的好奇心，他们极其需要获得自我存在感。在这个过程中，他们能不断尝试体验自我意识的觉醒。

有句老话叫"三岁看老"。孩子小时候形成的习惯和意识有可能会影响他一辈子，自主选择的能力和习惯同样也会影响其后期的成长。小时候父母常常帮着选择的，孩子一般都缺乏主见，那么等到他上了小学、初中，面对繁杂的学业，就会忙乱，不知如何取舍。这里面很大一部分原因是对自我意识不清，不了解自己要什么，应该追求什么，那么这样的学生在激烈的竞争中明显处于被动的状态。所以，差生的差，并不都是学校教育的问题，更多的是家庭教育的问题。

给孩子选择的权利，不要小视他们的能力，更加不要溺爱包办。只有放手让孩子独立行走，他们才能学会走路；只有放手让孩子自主选择，他们才能找到自我。

人　精

　　这个"精"字用在孩子身上，我向来认定是个褒义词。老人常称自己的后辈为"小人精"，说的时候，一脸娇宠，满是欢喜。

　　我称闻闻为"小人精"，倒不是因为我娇宠他，只是他的表现就是精灵，小脑袋里脑回路千回百转，让人惊叹不已。

　　我很早就让闻闻自个儿用小勺子吃饭；自个儿喝水取食物；自个儿找玩具玩耍。我觉得这是一个人自主生存的基础，也是其他能力发展的基础。吃喝玩乐是人的本能嘛，本能就是成长的源动力。而每一种能力的养成都会经历艰苦的历练。闻闻用勺子吃饭一开始很艰难，却充满新鲜感。每到用餐，就开始他的吃饭工程，然后就是一片狼藉，不过兴趣还挺高。但是学会后不多久，他就发现这是一件很累人的事，于是想让我喂，我不同意。他只能乖乖自己操作。

　　一天中午，餐间，两人不多语，各自用餐。闻闻见我碗底已空，再看看自己的碗似乎还是满满的。我催促他专心吃饭，他扭扭捏捏不想动。我知道他表面木讷，实则思虑万千。我可是十分了解他的，多次验证，我的猜测是一点都没错的。没过十秒，他就轻声细语地对我说："爸爸，你拿好我的小勺子，可以吗？"一切似乎都在情理之中，还用了征求意见的"可以吗"，显得特绅士。我不明其意，稀里糊涂地接了勺，但我又冥冥之中感觉到有什么不对劲。直到拿了他的勺子，才发觉这一接，接的不是勺，而是一项重要的任务啊。出乎意料，闻闻竟然没有让我喂，我松了口气。闻闻用戏谑的口吻说："爸爸，你把勺子插到碗里，看看你能舀多少。"这个简单，我舀了一大勺饭菜："闻闻看，多不多？"我很是得意。"哇！好多，好多……点赞！"闻闻高兴地拍手叫道，"爸爸，你试试看，能不能把这么多送到我嘴里呢？"他张着嘴等待着我。我这才缓过神来，原来是这么回事啊！

　　还有一次，我买了饼干放在桌上，闻闻看见了新奇的东西总想试试、尝尝，可惜力气小打不开包装，心里的强烈念想和眼前的困难让他纠结不已，但这又激发了他很大的潜能，这种潜能就是一种智慧和驱动力。他从收纳盒里拿出一把绿色的剪刀，这是我刚给他买的手工剪。真正的手工倒是没做几回，此时倒是派上用场了，能够让一样事

物发挥他额外的功能，是需要人思考的。他拿着剪刀颠颠地小跑过来："爸爸，你来教我剪吧。"哟，这倒是给了我一个大惊喜——闻闻变得好学起来了，这可是一次大大的进步哦！我扶着他的手，教他拿剪刀，他学得很认真。"剪什么呢？"我问。他答："我们来剪剪饼干吧。"于是飞快地从桌边拿过翻看了很久的饼干来。抓起我手里的剪刀，让我扶着剪开了包装袋。目的达成后就再也不管剪刀了，此时眼里只有诱人的饼干。

看看这鬼灵精怪的家伙，满脑子都是玄机！

每个孩子都是天才，他们在和这个陌生的世界慢慢融合的过程中，自己学会探索、学会观察、学会思考、学会判断、学会选择……真的非常了不起！

　　动脑筋似乎是每一个孩子的本能，他们对生活中的人和物都有自己独特的观察视角，他们都会为了实现自己的目的绞尽脑汁。我想说，其实每个孩子都是绝顶聪明的。其实，动脑的源动力是欲望，没有哪个人真正能做到六根清净，无欲无求。人生在世，总会为了自己的生存和生活而努力，有了欲求就有了动脑思考的动力，从这一点来看，每一个孩子都是站在同一起跑线上的。但是，我们又很不幸地发现，孩子越长大就越显出差距。因为在他们的成长过程中，受到了各方面的约束和规定，于是孩子的大脑里有了越来越多的成见，这些早已形成的先例和成见往往束缚了孩子的想象力和创造力。一个孩子很安静，小的时候大人总夸他真乖，因为安静的孩子好带不烦人，大家就表扬他。爱听赞美是人的天性。赞美是一种间接性教育，它间接地告诉孩子某些言行很好，值得继续发扬。赞美还是一种无私的关爱，这种爱是实施教育的基础。后来长大点了，大人们说，这孩子安静是安静，就是不太灵活，嘴巴不甜。孩子开始一遍遍地否定自己，以致迷失了方向。再后来，大人们开始讨厌起孩子的安静来，说这人真是太死板了，没有灵气。这时候孩子已经很难再改变自己的习惯，渐渐地变得自己都瞧不起自己。相反，一个孩子活泼，小的时候大人们说这孩子真可爱，长大点了，大人们说这孩子真调皮，再后来，大人们讨厌地说这人真是不正经，太不靠谱了，一点都不稳重。一个人没有了自信就很难激

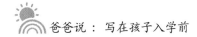

发出自己的潜能，平庸就是在不断地批评中形成的。其实，孩子没有变，变的是大人看待孩子的眼光和成见。孩子总是有他自己的优点和缺点，而大人总喜欢拿别人的优点和自己孩子的缺点比，那么，在孩子的成长过程中永远都体会不了胜利的喜悦。尤其是到了上学的年龄，有些孩子学习就是不如别人，有些孩子就是有偏科，有些孩子就是不喜欢做这么枯燥的事情。但是这并不代表孩子不聪明、没能力，只能说他的能力不在学习上，他一定有他自己擅长的东西。而我们家长、老师，甚至是社会该做的事情就是帮助孩子发掘他自身的优点和能力，为他们的擅长之能提供发展的机会和指导。

魏坤琳老师的《给孩子的未来脑计划》一书中有一句话："不应该给孩子的大脑装进一个个独立的知识，而应该帮孩子找到各种事物的因果关联，让他们自己更高效地整合信息，培养科学思维。"我觉得这是一种正确的教育理念。从一个孩子终身成长的角度来看，自信、乐观、坚强、勤奋、善良远比知识重要。所以对孩子实施有效的教育就必须先从改变我们的教育理念开始。

生活不仅要美食还要诗和远方

开口吃，起步走

　　我们家闻闻绝对是个吃货。当他会说两字词语的时候，从他嘴里蹦出来的第一个词就是"奶奶"，第二个词就是"果果"，这两样东西都是他的最爱，任何水果来者不拒。我发现语言和喜好之间存在着密不可分的联系。

　　老话说"七坐八爬"，就是孩子到了七个月就会坐，到八个月就会爬，似乎这是自古以来的规律。可是闻闻到了八个月的时候，正好是大冬天，身上穿着厚厚的棉袄，就像一只大熊猫，圆鼓鼓的身体沉沉的，小胳膊小腿哪里能支撑起来利索地爬行？于是全家人都为他着急，以为有什么缺陷。但是不管怎么寻找线索，都无法解开"八不爬"的谜团。除了不会爬，一切都正常，我看缺陷是不成立的。

　　后来我发现，当别的小孩沉浸在爬的快乐中时，闻闻

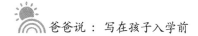

的乐趣在探索着直立行走。每次把他抱在怀里，他就不停地蹬腿，蹬了一段时间后，就想着要下地走路了。尽管两条小腿还没有足够的力量支撑身体的重量，但是一下地便高兴，咧着嘴笑得流口水。他乐意走，我们就鼓励他走，小手拉着我们的手指，磕磕绊绊往前挪着步。有时候大脑跟不上两脚的速度，就像熊猫打滚一样摔一跤，不过圆滚滚的没关系，扶起来接着练。走得多了，奶奶在一旁着急："别多走，多走会成 O 型腿的。"我还真被她的话吓了一跳，这样的谬论在古话中是很多的，但是一点都经不起推敲，照这样说，全世界的人大多数都是 O 型腿才对啊。于是，奶奶带的时候，总会限制他行走的时间，而我带的时候，允许他无限制地走路。事实胜于雄辩，闻闻走得好好的，至今没成 O 型腿。

在闻闻十一个月的一天晚上，爷爷奶奶陪闻闻走路，闻闻总不敢放手，我发现他做事一向谨慎，走路也一样。我倒是很欣赏他的谨慎，谨慎是最好的自我保护。那天我切了个哈密瓜，因为今年雨水不多，哈密瓜的品质相当不错，果肉糯而甜，汁水充沛。闻闻有个瓜肚子，手里抓了一块是无法满足他需求的，必须另一只手里也抓一块，然后两边开弓，塞得满嘴都是，汁水从他嘴角流出来，两眼直勾勾地盯着盘子里剩余的哈密瓜，边吃边说"果果……果果……"一副饥不择食、腹不充盈之态，让人为之紧张又觉得充满了喜感。奶奶把盘子端走，说："不能吃太多，吃太多不消化，小孩子只能尝尝。"于是把盘子放到桌子中间，闻闻手短够不着，只能眼睁睁地看着自己心爱的果果离他远远的。可望而不可即的焦灼让他变得着急起来，他挣扎着下地，试探性地看了看果果的距离，眨巴着眼睛，那种渴望的神情就像向日葵渴望阳光一样，自然地朝着他爱不释"嘴"的果果走去，一步、两步、三步、四步……他勇敢地朝着哈密瓜的方向小心翼翼地挪动着双腿，为了果果，忘记了自己还不会独立行走，忘记了危险，也忘记了恐惧。我第一次这么近距离地感受到忘我的气场有多大，这是一种物我交融、出神入化的境界。终于到达目的地，闻闻使劲够着果果，所有的人都为他欢呼。

　　有人说，标志着人真正成为人的就是直立行走。从此，闻闻开启了他真正为人的征程。

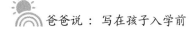

孩子让我们回望生命，又让我们思考生命。回头看看我们成长的道路，大多都是欲望在推动着我们往前走。心动之后才有行动，行动又推动了更高层次的心动，成长就这样螺旋式地发生着。

有的人因为美食学会了绘画，有的人因为游戏学会了走路，有的人因为大自然优美的声音学会了歌唱。一点点欲望的火苗点亮了我们眼前原本平淡的世界。欲望是一种本能，并非社会意义层面的概念。婴儿作为一个独立的生命个体，在某种程度上，他没有真正的社会意义，但是每个孩子都有欲望。刚出生的孩子有着强烈的饱腹的欲望，于是他学会了吮吸。孩子都是有占有欲的，他看见你手里拿着好吃的，他就想要占为己有。所以人从来不用学习如何才能利于自己，而真正要学的是分享与舍弃。其实，一个孩子的成长和技能的习得，都不必刻意追求，顺其自然有何不可？我说的顺其自然当然不是撒手不管，更不是指让其自生自灭。对孩子的照顾和养育就像是对一棵草、一朵花、一棵树的培育，遵其规律，顺其所需，方能健康成长。就像分享和舍弃，一定是在人有了一定思想境界和阅历之后才能做到的，否则会导致安全感缺失，这就可能会造成更为严重的后果，所以在不恰当的阶段或者境遇中，千万不要勉强孩子分享或者舍弃。而其他社会技能的习得也是如此。

对于规律，我们不能忽视，但是也不能死板地完全依赖规律。就像我家孩子先学会走路，后学会爬。有人说会说话的孩子一般走路都晚，早走路的孩子说话就晚，而我家的孩子说话走路都挺早的，而走路就是因为自己想吃水果，似乎是一种本能的欲望激发了技能的习得。这里头，你没法用规律来解释，一切现象的发生都有必然性，也有偶然性；有规律性，也有突发性。

所以，规律具有普遍意义，有指导作用，但毕竟不是真理，每个孩子都是独一无二的个体，具有特殊性，当规律遇到个例，也会有失误，这太正常了。面对一个人的发展，我觉得适合比遵循更重要。《菜根谭·修省》中有这么一句话："善启迪人心者，当因其所明而渐之通，毋强开其所蔽。"善于进行启发教育的人，应当依据对方明白事理的状况而逐渐使之通晓，切勿勉强去开导他不能通明之处。在适合的时间适合的地点，用适合的方法教育孩子多么重要！

受不了，但还要

　　从孩子能自己吃东西开始，我们就每天都在思虑着该给他吃些什么。今日不同往日，以前物资匮乏，我们为无以选择而苦恼。如今物资丰富了，国内外食品无所不有，却依然苦恼——为难以选择而苦恼。当下食品安全问题依然十分突出，质量不过关和媒体的不实吹捧，给大家的生活添了很多堵。所以常常思虑着该给孩子吃些什么就成了家里每个成员不需言传的共同任务。

　　简单的生活就这样变得复杂起来。

　　据说，百香果富含维生素、氨基酸以及各种人体需要的微量元素，是水果中的维 C 之王。关键中的关键：相关资料查询显示婴儿也能食用。于是，我才一百个放心，买了一大箱百香果。我突然意识到，不知从什么时候开始，凡是进闻闻嘴的东西，我都习惯于查阅"是否适合孩子吃"。有时候我自己都会嘲笑自己，有些神经质了。百香果拿回家，我立马打开箱，闻闻对所有入户的快递都相当感兴趣，这一次也不例外。他看着一个个比鸡蛋稍大一些的红红的百香果，直呼："蛋蛋，蛋蛋……我要吃蛋蛋。"随手拾起一个摸一下，掐一掐，好像发现了和鸡蛋不一样。这个球不像鸡蛋那么硬，有点软有点皱。于是拉着我问："爸爸，这是什么？"我说这叫百香果，酸酸甜甜，味道很香的百香果。闻闻认识了新事物，听到了新名词，就不住地学着念："百香果，百香果……"

"爸爸开，宝宝吃。"闻闻看到吃的，总是迫不及待。

"好，吃了不许吐掉哦。"我怕他受不了酸，先跟他有约在先，"先吃一点点，爸爸给你挖。"

我打开百香果，里面黄色透明的果肉，就像一颗颗小玛瑙，晶莹剔透。我让闻闻先观察百香果的样子，给他介绍果肉，果肉内有黑子，还有它如同突触的内壁，牵引着这些小果肉。闻闻小心翼翼地抿一小口，回味回味。我注视着他的表情，原以为他会吐出来，或者皱眉头，甚至大声哭出来。但是我所设想的都没发生。相反，闻闻一脸平静，转而从我手里拿走百香果和勺子，独自挖起果肉来，滋溜滋溜地吮着里面的果肉和汁水。

宝妈见闻闻吃得那么香，也开了一个，和奶奶分。两个人刚尝一口，就"哇呀"地叫起来，牙齿都软了，然后

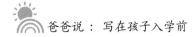

两人的脸都皱得像熟透了的百香果。闻闻在一旁哈哈大笑起来。

我们都惊呆了！"闻闻，百香果酸吗？"我惊奇地问。"酸，酸得受不了。"他答。对于他的回答，我真的忍俊不禁，"受不了"这个词不知道又是从何而来，不过用得十分准确。我继续问："这么酸，你还吃吗？""要！我还要吃！"他的回答斩钉截铁。

哎！酸得受不了，但还要吃，真是一种乐趣啊！生活中哪里不需要这种刺激？这种勇于尝试的刺激，忍受痛苦的刺激，苦中作乐的刺激，真是一种难忘的乐趣。

生活的乐趣来自不断地尝试和探索。在安全的范围内，我还是比较推崇父母带着孩子去尝试新鲜的事物，甚至挑

战自己的极限的。这种外在的刺激会不断地触碰感受极限，从而扩大感觉阈值。我一直觉得，乐于尝试扩大感觉阈值的人更具有创造性和实践力。

一个绝对感受性强的人对外界的刺激非常敏感，往往很快做出应激排斥，对新鲜事物的试验性尝试就越不可能发生。这样的人在生活中自然具有相当高的稳定性，但是缺少很多趣味性。

孩子对外界的感知经验是不足的，比如对光的刺激，对味觉的刺激，对听觉的刺激等都会做出超乎成人的反应。我发现孩子极为有趣的地方就是当猎奇心理与恐惧心理发生矛盾的时候，不同的孩子会做出不同的选择，我不知道这是不是代表着不同的性格特征和人格品质，但我觉得这一定是一个有意思的研究话题。有的孩子在吃到特别酸的味道时，立马丢在一边，而有的孩子越是酸到受不了就越是想尝试；有的孩子面对黑暗的小巷害怕得掉头就跑，而有的孩子尽管非常害怕，但是非要大人带着他走进去看一看；有的孩子闻到药味就眉头紧皱，情愿忍受病痛也不愿喝药，而有的孩子听到"良药苦口利于病"，不管药有多苦，都能坚持着喝下去。这里面涉及几个心理研究的角度：一个是极限忍受，一个是猎奇心理，一个是理性选择。这些在一定的条件下应该都能转化为人的品质，而这些品质就是生命成长中十分重要的忍受力、创造力、理性精神。

不可回避的是这些品质都具有一定的先天偶然性，但

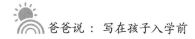

也不能排斥后天培养的可能。父母对孩子忍耐力的培养可以通过生活中的刻意等待、勇敢坚持、转移注意等方式实现；对孩子创造性的培养可以通过不断发现、探索、尝试以及提问等方式达成；对孩子理性精神的培养可以通过正确思辨引导和自主选择的方式构建。

　　教育孩子的过程本身就是一次尝试和探索，在尝尽了酸甜苦辣之后，寻找到深深扎根于心底的乐趣，这种乐趣是回味无穷的。孩子的成长也是一次没有返程的尝试和探索，他们在正确的引导和教育下也会感受成长的快乐，当他们有一定的人生积淀和思维能力的时候，会主动探索并感知到成长乐趣，从而让他们成为更好的自己。

巧克力

教师节，有个学生送给我一盒巧克力，透明盒子，里面一方块一方块的巧克力用亮亮的纸包裹着，黄的、蓝的、紫的、绿的，甚是好看。

我带着巧克力回家，心情特别好。闻闻一听到开门声，就噔噔噔跑过来，"爸爸、爸爸"地叫，那充满了惊喜的笑脸，似乎期待已久。每天这个时候，我的心都会融化一次，比巧克力还甜。

"爸爸，这是什么？"闻闻盯着五颜六色的巧克力，转过来，转过去地看，好奇极了。我取出一块，他用小手接着，然后很吃力地扭动外面的包装纸，剥开，开心极了。"这是巧克力！爸爸……这是巧克力……宝宝也想吃。"闻闻兴奋起来，同时试探着征求我的意见。我一时疑惑起来：家里

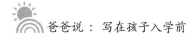

从来没给他吃过巧克力糖果，他是怎么认识巧克力的？

"宝宝，你怎么知道这是巧克力？是谁给你吃过巧克力啊？"我试探着问他。

"妈妈。"闻闻不假思索地道出"幕后真凶"。

"在哪里吃的？"

"大姨家。"

这下真相大白了，真是童言无忌。在孩子嘴里没有假话，分分钟就暴露了宝妈的"恶行"。

我埋怨宝妈，并且提出"严重警告"。宝妈挤眉弄眼也没用，只能指着闻闻的小肚肚，说："小 —— 叛 —— 徒。"闻闻咯咯咯地笑。

巧克力自然是被没收了，放在橱柜里，只做瞻仰，不做品尝。但是闻闻对巧克力的念想一直未减，尽管我们一直唬他吃了巧克力就要蛀牙，蛀牙就要拔牙。他怕疼，更怕拔牙，这种矛盾与纠结能有效地让他克制自己的欲望，也让他自己在念想与现实之间学会了选择。

一天，闻闻骑着他的小象车，在展示着巧克力的橱柜边，左一回右一回地转，眼睛时不时地看看五颜六色的巧克力。这亮亮的颜色真是好看，就像童话里的彩色蝴蝶，我想小孩子都是不能回避这样的诱惑的。闻闻走累了干脆停下来，一双透亮的眼睛死死地盯着瞻仰已久的巧克力。我瞬间明白了他的意思，但就是不作声。他仰着头，把食指轻轻地放到嘴唇边，抿一抿，也不作声。一会儿，他悄悄悄地来到我身边，拉着我的手说："爸爸，你来。"

"干什么？"我假装不知所以。

他把我拉到橱柜前，指着上面的巧克力，一本正经地说："爸爸……爸爸你累了，走不动路了，吃一颗巧克力吧。"

我哈哈笑出声来，"我不累啊！宝宝累不累？"我故意给他设置悬念，他却马上给出了答案："累……累……"我揉揉他可爱的小脸蛋，拿出一颗，"给！爸爸奖励你一颗。以后不吃了哦。"闻闻拿了巧克力，到处宣扬。

嘻，孩子就是孩子，谁能抵得过诱惑呢？得着些甜头便高兴。我倒不是宠溺他，随意打破规矩，我是为他在这么小的年龄能有如此缜密的逻辑而高兴。他一方面心心念念着巧克力，一方面想方设法经我同意品尝。他知道我不同意，便想着让我先尝尝甜头并且用同病相怜的方式来跟他分享，最难能可贵的是他找到了巧克力能补充体力的作用，在种种复杂的逻辑组织下，诱导我帮助他达成目标。这一招对于一个孩子来讲，玩得真高级！

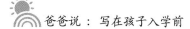

　　"乖孩子"的乖分两种情况：一种是天生懂事，事事替人着想，做人做事情商极高；另一种是没有思想，事事都听大人的，大人说什么就做什么，没有主见和创新。前者极其罕见，这是天生的，又加上后天正确教育引导的结果，而后者，也许是天生特征，也许是受后天教育影响。前一种乖孩子，我想大家都喜欢，而后一种就不怎么受人欢迎了。

　　有的孩子到了青春期，在个人身心发生转变以及各方面压力汇聚而来的时候，变得两眼无光，失去了少年应该有的活力和阳光。那是因为功利的应试把他们的欲望磨平了，原本十分强大的思考力被平时浇灌惯了的教育带跑偏了。孩子都是爱思考的，他们的脑回路千回百转，他们总能想尽一切办法实现自己的目的，这是因为孩子内心深处有欲望。他想吃巧克力，尽管你不给他吃，他也能想尽办法来获取；他想要拿这个小玩具玩，随你摆放在矮的地方还是高的地方，他总能找到想要的玩具。我在想，如果这种正面积极的能量能运用到学习中，那么孩子的学习真不会出现问题，也不用家长们时时督促，事事叮嘱。

　　站在家庭教育的角度，我们对孩子的教育就应该帮孩子保留住这一份少年的灵气和欲望。我们教给孩子的是如何面对这个世界的能力和原则，而不是去传授我们习得的死知识。我们的目的不是帮助他们解决一个个问题，而是教会他们面对挫折和难题的时候如何自主解决。我经常在反思：我们的家长，在我们童年的时候从来不管我们的学习，我们不也认认真真学过来了吗？而我们做了家长，在孩子童年的时候总是想方设法把孩子的时间全部瓜分掉，学习所谓的技能。美其名曰：你看，爸爸妈妈多关心你的学习！接下来的话应该是：你再学不好也只能说自己没本事。这不就是在变相推卸责任吗？但是我想问，这份责任做父母的推得掉吗？我们为什么如此焦虑？连孩子最想要的或是最擅长的是什么都不知道，就开始各种培训"狂轰乱炸"。从某种程度上讲，应试教育为什么愈演愈烈，除了制度本身的问题外，做家长的也"功不可没"。可惜的是，孩子的灵气就是这样一点点被吞噬掉的。

　　所以，我永远认为对孩子逻辑思维的培养比知识的传授更重要。一个糖果、一个玩具可以变出很多种玩法，而如何与孩子玩，怎么玩最能锻炼孩子的思维，正是家庭教育所需要研究和实践的方向。

吃 货

说到吃，闻闻绝对是一等一的吃货。

他说大饭店里大厨做的菜好吃，于是，只要一进饭店吃饭，从开始到结束，安安分分，比起在家里用餐，简直判若两人。他说水果好吃，爱水果是从小开始的，对于水果从来不挑剔。哪怕是榴莲，不管有多臭，他都说很香；哪怕是百香果，不管有多酸，他都吃得停不下来。

每次奶奶给他吃维生素糖，他一定坚持自己拿，因为这样可以趁机多拿一颗，没等奶奶反应过来，糖已经进了他的嘴，然后便得意地笑。每次他看到我在吃东西，就一定会问："爸爸，你在吃什么？"然后歪着小脑袋，用渴望的眼神直勾勾地盯着我的嘴，一直看到我感觉不给他来一点不好意思。我只好赶紧把嘴里的东西咽下，不让他发现。

后来他越来越精明，识破了我的"诡计"，就不再问我吃什么了，直接用指令式的句子说道："爸爸，你把嘴巴张开，啊啊啊。"没办法，被他发现了好几次。这种对事物的猎奇精神，还有穷追不舍的执着态度，真是一个吃货必备的"高贵品质"啊。

闻闻的爱吃，不仅表现在"吃"上，还表现在"买"上。一进超市，那就是他的天下了，到处搜罗东西，这个是宝宝要的，那个是宝宝要的，抓着不放。定要与其周旋几个来回，才可有所取舍。超市成了他的日常乐园，天天逛都不厌烦。真正的吃货必须对食物有无比的热情和敏锐的探索能力。看来，这就种下吃货根基了呀！

其实，这些都不算什么，更了不起的吃货精神还在于想象，这种想象能引发对方去感受食物之美。

闻闻爱喝汤，和人家无肉不欢一样，他是无汤不欢。奶奶为他做了西蓝花木耳汤，汤色清醇，配上西蓝花的翠色与木耳的黑，如同翡翠与黑玛瑙的天然相配。闻闻说："你看，西蓝花和木耳在水里洗澡。"还有一次，家里吃馄饨，一个个馄饨圆鼓鼓的，非常饱满。闻闻说："馄饨真像小海豚。"哇，一个拟人，一个比喻，这是一个两岁多的娃娃造出来的句子！一个把静态的事物说动感了，一个把相似特点的事物联想到一块儿，小海豚是可爱的，因此馄饨也是可爱的。一切食物在吃货的眼里都可以被想象得如此美好！

一个月圆之夜，我与闻闻逛超市，给他买了些玉米饼，玉米饼圆圆的，淡黄色，饼面上撒了一点点糖花，我想口味应该不会很重，闻闻急着要拆，我说要等付好钱才能吃，这规矩他倒是能遵守。于是拉着我匆匆赶去付钱，一付完钱便迫不及待打开包装，拿出饼。他用舌头舔一舔糖花，甜甜的，咬一口，松松软软，有一股玉米的香。闻闻甚是欢喜，欢喜了就会脑洞大开。他高高地举着玉米饼，说："爸爸，你看，你看呀，两个月亮！"我蹲下身子，从他的视角向上望去，还真是两个月亮：一个在天上，一个在闻闻手上。两个都是淡淡的黄，两个都是圆圆的。我为他的美好想象点赞，他高兴地笑："爸爸，你吃过月亮吗？"

"我没吃过呀，你吃过吗？"

"吃过吃过。"

"你连月亮都吃过啊？什么味道？"我故作惊讶。

"甜甜的，香香的。"

"哇，爸爸馋死了，快给我尝尝。"

闻闻把饼撕下一半塞到我嘴里，我尝到了一股玉米的香，淡淡的甜，还有童话里的美！

爸爸妈妈在养育孩子的过程中，对孩子有这样两种表现应该感到高兴：一、能吃；二、会表达。

我这里所说的能吃，并不是专指吃得多，食量大，而是指孩子能有节制地吃，能自己找食物吃，能自己动手吃。有很多老人家常常要孩子吃很多，他们看到孩子吃很多就高兴，尤其乐于看到孩子吃很多荤腥。因为在他们心里，鸡鸭鱼肉之类的东西是价格相对昂贵的，昂贵的东西吃到肚子里自然也金贵，一定有助于孩子生长。其实不然，孩子的饮食应该荤素搭配，营养合理，孩子不需要吃太多，也不是以胖为荣，甚至有些后天性肥胖反而不利于孩子生长发育。一般情况下，孩子对自己的饥饱问题会有本能的反应，不会说话的孩子饿了会哭，大人不必要介入太多，应该赋予他们自主管理嘴巴的权力，这是培养孩子自理的第一步。因为每一个孩子从出生开始，嘴巴是他们感知世界第一个用到的器官。有时候，孩子喜欢拿新事物来品尝，这是他们感知和认识的一个途径，大人们要当心的是不能让孩子入口脏东西。至于孩子能自己找食物吃，能自己动

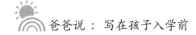

手打开食物的包装，同样能锻炼孩子对食物的探索和动手体验的能力。爸爸妈妈带孩子去超市要赋予他们挑选物品的权力，孩子在挑选物品的过程中是非常享受自己拥有的自主权的。在这个过程中爸爸妈妈要传达给孩子信息，不是阻止呵斥孩子乱挑东西的行为，而应该教孩子需要的才能挑，也可以让孩子在几样东西中学会选择。这些都是在孩子的成长过程中，大人们慢慢引导形成的，我们的目的是让他们在引导和锻炼中变得自主而又不铺张。

美食有时候能激发孩子表达的欲望，我发现，孩子在开心的时候特别能激发语言的表达功能。语言的表达是一个人今后各方面发展的重要基础，语言的表达需要听觉积累，需要逻辑思维，也需要突破创新。语言表述比较早的孩子能较早地表达自己的感受想法，自然与周围人的交流更准确，情感表达更到位，这样的孩子对外界的理解更精准些，各方面的发展也应该更成熟些。另外，孩子的语言表达是充满想象力的，我认为想象力是一个人语言能力和创作能力最重要的素养之一。这一点在多年后就能表现出来，有的孩子写作文水平很高，语言表达生动有趣，有画面感，而有的孩子连表达准确都很难做到，仅一篇作文就能拉开很大差距，这就跟孩子一开始的语言培养有关系。小孩子能把自己认识的事物连接起来说到一起，用形象的比喻、拟人来造句，这就是联想，孩子能这样来表述，我们应该为之激动。

　　所以对三岁之前的孩子的教育，我认为能在吃和说上引导其养成良好的习惯，激发他们表达的欲望就很好了，凡事不必太功利。

看 吃

　　馋，是人之天性。不过，大人的馋与孩子的馋不尽相同。大人的馋往往带着羞涩与矜持，即使在门角落里张牙舞爪，也要在大庭广众之中表现得羞羞答答。而孩子的馋，则是吃着碗里的想着锅里的，还要去抢别人手里的。

　　我本来想做一个坚持原则的人，糖果、巧克力绝对不给闻闻吃，但是生活中的种种，时时处处在突破我的防线。自从那一次闻闻尝到了巧克力的甜，便念念不忘，见此物便喜笑颜开，想方设法，独揽怀中。我依然坚守底线，拼命挣扎。最终无法，我在网上下载了许多蛀牙的图片给他看，没想到这招还真管用。再加上有一次他妈妈去补牙，他看见医生拿尖针、钳子等在妈妈嘴里捣鼓来捣鼓去，他害怕极了，这种来自本能的害怕自然会压制很多欲望。但是馋劲毕竟难忍，这可怎么办呢？孩子就是孩子，闻闻手里紧紧抓着让他垂涎三尺的巧克力，放在鼻尖用力地嗅一下，告诉我真香。然后举着心爱的巧克力糖，煞有介事地对我说："爸爸，我不能吃糖，吃了糖会蛀牙的，蛀牙后要拔牙，疼死了……"闻闻的逻辑思维还是很好的，他两岁多就能从点到面，前后成因果地表述。而我从他这一连串的表述中，分明感受到了他内心深处的"冰火两重天"。火，是爱，是欲望；冰，是约束，是压制。想吃巧克力的欲望与蛀牙的恐惧，在他心里争斗着，最后还是恐惧压制住了欲望。他很聪明，采取折中的办法，闻一闻，过过瘾，也是好的。

人的欲望是会生长的，即使是孩子也如此，别说，我还真从孩子那边发现了不少人身上的本能源动力。

闻糖的香就如同望梅止渴，几次之后，闻闻就对此失去了兴趣，于是开始了更深层次的体验。

那天，我在书房看书，很安静。闻闻悄悄地走进来，轻声地跟我说："爸爸，这个巧克力我可以打开吗？"我想他一定是馋虫上脑了，故作严肃地说："你不怕蛀牙吗？牙齿上有了洞怎么办？"他想了想："给爸爸吃。"呀！我倒是一时语塞。如果我吃了，他不就可以吃了吗？那么我的原则和规约不就自我打破了吗？这个当不能上，闻闻可是小人精，灵光得很。"爸爸吃了也会蛀牙呀，我也怕疼。"我面露为难之色，委婉拒绝。可是闻闻仍然不依不饶："爸爸，

你吃呀……吃呀……大人不会蛀牙的，吃吧。"我依然为难地摇摇头。"爸爸，你只是舔一舔……舔一舔嘛……"孩子的威逼利诱，我真是招架不住啊。他是如此虔诚，如此可爱，如果只是舔一舔，应该与牙齿无关了吧。我只能打开巧克力，放在舌头上长长地舔过去，嗯！真的很香，很甜！我这时候必须得很夸张地赞扬一番，不然他会不高兴。之前，他很殷勤地给爷爷吃东西，爷爷拒绝了，他从此再也不愿跟他分享了。闻闻听到我的夸赞，咯咯地笑，还转圈圈，这高兴劲儿真是没法形容，似乎这块巧克力是他的杰作。没想到看吃的人比吃的人还要高兴，似乎他感受到的甜比我还多几分。这应该就是最真切的感同身受了吧！

我在想，假如他真正吃到了糖，并非会有如此大的惊喜，或许孩子真正想要的东西是获得心灵上的体验和满足，并非真想去拥有某种事物，又或许，拥有不是最深切的想念，想念才是最深切的拥有。

看吃，还真有意思！

"吃"这件事情，看似平常，但从教育的角度看，是大有研究价值的。每个孩子最原始的本能行为就是吃，孩子通过嘴接触了世界，认识了世界。他们是在"吃"的过程中成长起来的，当然，我说的成长不仅是身体的成长，还包括心灵的成长。

我们常常说这个孩子很"馋"，似乎是带着贬义色彩的评价，但是如果换一种角度看，馋的孩子一般对外界更加充满热情和探索的欲望。这是一种本能，也是一种对世界的适应方式。

关于吃，我想说三个与之相关的内容：

一、吃与健康相关。孩子通过吃吸收营养，那么孩子是否吃得越多越好？请不要进入误区。有不少家长为了孩子更好地成长，认为多吃就能茁壮成长。尤其是鼓励孩子吃很多荤腥，认为吃肉多就能长肉，孩子必须是要胖一点的，胖一点才有力气，胖一点才能更好地成长。其实我们有很多概念混淆了，胖和健康不能画等号，胖和成长也不能画等号，吃肉也不一定就有力量。实际上，吃太多荤腥是不利于孩子成长发育的。孩子长得太胖反而会影响其运

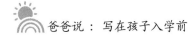

动，进而影响其大脑的发育。我认为，孩子只要能有规律地用餐，身体无病痛有活力，内心阳光快乐就是健康的。

二、吃与教养相关。有的孩子在与别人吃饭的时候安安静静，不吵不闹，有的孩子吵吵嚷嚷；有的孩子耐心等待自己喜欢的菜，有的孩子爬到桌子上不顾他人自己取菜；有的孩子人未坐定就独自先动筷子了，有的孩子尽管自己很想品尝但就一直等到人坐齐了才开始；有的孩子狼吞虎咽，吃相极为丑陋，有的孩子温文尔雅，细嚼慢咽；有的孩子专挑自己喜欢的吃，从不顾及别人是否需要，而有的孩子尽管自己特别喜欢也会考虑到别人的需求……这些就是"吃"与教养的关系。与吃有关的教养对于个人成长来说涉及面广，影响深远。在孩子还小的时候，我们必须关注这样的细节，等他们长大了才有好的习惯，而习惯的力量对于人的发展有多重要，我想是不言而喻的。

三、吃与意志相关。孩子对于自己喜欢的东西都想马上占有，但是我们如果不加节制地满足孩子，孩子会认为这些美好的东西得来很容易，甚至会认为这些东西本来就应该属于他的。所以现在的孩子有很多不懂得分享，不懂得珍惜，就是这个道理。而我们真正应该做的，是适当延迟满足，来锻炼孩子的忍受力和意志力。20 世纪 60 年代，美国斯坦福大学心理学教授沃尔特·米歇尔设计了一个著名的关于"延迟满足"的实验，他在一间幼儿园找来数十名儿童，让他们每个人单独待在一个只有一张桌子和一把椅子的小房间里，桌子上的托盘里有孩子爱吃的棉花糖、曲奇。研究人员告诉他们可以按响桌子上的铃，马上吃掉棉花糖。如果等研究人员回来时再吃还可以再得到一颗棉花糖作为奖励。对这些孩子们来说，实验的过程颇为难熬。结果，大多数的孩子坚持不到三分钟就放弃了，大约三分之一的孩子成功延迟了自己对棉花糖的欲望。从1981年开始，米歇尔逐一联系参加实验者，给他们的父母、老师发去调查问卷，针对这些孩子的学习成绩、处理问题的能力以及与同学的关系等方面提问。米歇尔在分析问卷的结果时发现，当年马上按铃的孩子无论在家里还是在学校，他们通常难以面对压力、注意力不集中而且很难维持与他人的友谊，成绩也较差。而那些可以等上15分钟再吃糖的孩子在各方面都表现较为优秀，学习成绩上也比那些马上吃糖的孩子平均高出210分。

可见，吃就是一个人的日常，而日常就是一个人的一生。

飞到天上去

终于，我们坐上了飞往厦门的航班。为了这次旅行，我可是做了不少功课。

"我的宝啊，你两岁不到就坐了飞机，奶奶活了五十几才第一次坐飞机。"我妈感慨道，"奶奶托你的福，这次总算也坐了一回飞机。"

这句话听了让人有些心酸，我妈是一个特别本分的人，平时也没什么社交，也不怎么出远门。在我小的时候，经济条件不好，因此没条件坐飞机。记得最远的一次是坐火车去了北京，那年我初中毕业。后来，爸妈做起了生意，条件好些了，却为了打理店铺没有机会再远游。他们这一代人，是经历了艰苦岁月的，对生活的细节总是精打细算。不过，我们以带着孙子长长见识的名义出门游玩，老妈自然是没话说的，再加上是我们买单，她就更没话说了。

　　一到飞机场，闻闻就兴奋地到处跑。奔跑起来时，两只小脚一跳一跳，小手张开保持平衡，就像是一只正在学习飞翔的小喜鹊，不管从背面看还是从正面看，都充满了喜感。

　　"爸爸，爸爸，这是什么？"飞机场的玻璃都是大落地，闻闻指着玻璃外的飞机喊。

　　"这就是飞机啊，它能飞到天上去，厉不厉害？"我故意说得充满了惊奇。

　　"厉害！大飞机，大飞机，飞到天上去……"闻闻一脸惊喜，笑容在脸上漾开，激动的笑声激荡起候车厅每一颗静静的尘埃。这是他第一次看到这样的大家伙，小孩子天生就是充满好奇的，尤其对大的东西更为欢喜。

　　真正上了飞机倒不那么兴奋了，对于一个孩子来说，坐在这一个大壳子里和坐在汽车里没多少差异，只不过人多了些罢了。飞机在跑道上加速滑行的时候有强烈的推背感，我告诉闻闻，飞机在加速，要准备起飞了。他坐在椅子上，靠得严严实实的，应该感受到了冲刺的力量，有些紧张起来。紧接着，飞机慢慢离开地面，直窜云霄，我告诉闻闻，飞机已经飞到天上了，闻闻的手抓着我的手指，越捏越紧，表情凝重，小家伙确实紧张了一把，我看着他偷偷一笑，他也不自然地微微一笑，似乎被我发现他的紧张后有些羞涩。这时候，窗外的云开始多起来，飞机穿入

云层，日光夺目。闻闻的表情开始松下来，"我们飞到天上啦！"那种惊喜比太阳的光还要亮。

他就这样知道了汽车在路上开，飞机在天上飞，轮船在水里游，各自的功能是不一样的。

后来有一天，我们站在街上，听到天上轰隆隆的声音，就像闷在锅里的雷声，由远而近。闻闻抬起头，四下搜索，发现一只大飞机在很远很远的空中飞。闻闻高兴地跳起来，就像多年后，于茫茫人海中发现了自己的老友一般，指着飞机大喊："大飞机，大飞机……"脸上的笑容绽放开，像一朵花一样好看。他的小手伸得老高老高："爸爸，爸爸……我也要飞到天上去！""好！闻闻也要飞到天上去！"我把他举过头顶，奔跑起来。

风在我耳边呼呼而过，闻闻在我肩头"哈哈"大笑，笑声那么爽朗，那么清澈。这时候，扑面而来的每一丝风都开始笑起来。

　　两岁多的孩子对世界是充满好奇的，这种好奇不带有任何的功利心和世俗气，就像孩子的笑声一样，纯澈、清朗。孩子的笑就只是代表着开心，没有讥笑、冷笑、苦笑等复杂的内涵，这样的纯朴反而是最令人向往的。他们的好奇也常常会让我们惊叹：怎会有如此的想象力。

　　我想，大人们最需要做的就是呵护孩子的好奇心。前苏联教育家苏霍姆林斯基在《教育的艺术》中说："求知欲，好奇心——这是人的永恒的、不可改变的特性。哪里没有求知欲，哪里便没有学校。"好奇心能激发求知欲，一个孩子有了求知欲，就有了对自己最好的教育。这种内在的强大的探索欲望是任何一所学校没法生成或者保存的。那么，孩子的好奇心和求知欲哪里来的？我认为每一个孩子起初都有好奇心和求知欲，但是随着家庭教育环境和教育过程的不同，这种单纯的好奇心，有些孩子就渐渐消失了。对有强烈好奇心的孩子要求太严，常常告诫孩子这不准摸、那不准碰，甚至不准问，长久下去，孩子自我表达的欲望和能力就会丧失。孩子第一次见到小猫小狗会很激动，你耐心地告诉他，他会记得一辈子；孩子第一次看见大飞机，

会指着大飞机手舞足蹈，你告诉他这就是飞机，能飞到天上去，他一辈子都不会忘记。所以，孩子的认知其实有很大一部分就来自于好奇心。设想一个孩子见到新奇的东西不想了解，或者不敢询问，那么他什么都不会知道。我们现在很多孩子在学习的过程中，碰到自己不会的问题不敢或者不愿主动问老师和同学，那就说明他们对学习的知识缺乏好奇心和求知欲。有时候我们把这种欲望称之为企图心，有了企图心才有可能成功。

有人说，孩子一两岁的时候懂什么呀，你带他认识再多的东西，他也会很快遗忘，所以和一两岁的娃娃谈长见识是没有价值的，我不这么认为。从一个孩子能够用眼睛看见这个世界的色彩，用耳朵听见这个世界的声音开始，他就有了识记力。孩子的识记是从色彩到形状，从形象到抽象这样的顺序发展的。从这个时候开始，孩子就在慢慢学习观察了。苏霍姆林斯基说过："在低年级观察对于儿童之必不可少，正如阳光、空气、水分对于植物之必不可少一样。"有了观察就有了印象，印象的慢慢积累就成了记忆。一直到孩子的语言表述功能开始发育，他的记忆就会慢慢变长。我记得我们带着孩子坐飞机，坐轮船，坐出租车，都是在孩子两岁不到的这一次厦门之旅中体验的。令我惊奇的是，他在这一次旅途中知道了飞机在天上飞，轮船在水里游，汽车在地上开，也知道了出租车顶上有个牌子，还知道了大海是无边无际的。后来回到家，只要看到路上有出租车经过，他就会惊喜地欢呼：这是出租车！看到电视里有轮船飞机，他也会很激动。直到一年后再问他，你在哪里坐过飞机轮船，他还能回忆得起来，说是厦门。所以，我们千万不要低估孩子的探知能力。当然，在养育的过程中，爸爸妈妈们要记得用照片记录一些有意思的画面，隔了一段时间后，拿出来给孩子看看，再给他讲述一下当年的事情，孩子一定很感兴趣。

咏 柳

　　三月的柳树是最美的，嫩绿的叶，嫩得滴出汁液来。阳光下轻摆着的柳条，柔情似水，让人魂牵梦绕。柳树旁见底的溪水，浮光跃金。风摆杨柳，柳枝偶一蘸水，点起的是春天迷人的气息。

　　难怪古人就有踏青的习惯，也难怪任何时代都有那么多人喜爱着春天。生活需要情调，大自然是制造情调的高手。它的高明就在于无形处见有情。而柳是大自然制造情调的得力助手，于是诗人喜欢，孩子也喜欢。

　　闻闻能背诗，两岁多就能背十来首。最近他爱上了一首关于柳的诗——贺知章的《咏柳》。他特别喜欢里面的一句："不知细叶谁裁出，二月春风似剪刀。"这句话我念了两遍他就能复述了，也许是音律朗朗上口，又或许是表述得形象生动。但是两岁多的孩子懂什么呢？我只能说经典本身就带着猜不透道不明的魅力吧。

三月二十八日，春日就像是一位布道者，不疾不徐，不燥不热，温温和和地来到江南。春日里的风，挥动着翅膀轻抚过每一棵草、每一片叶、每一朵花。眼前的小事物都明艳艳的，简直就是化了妆的戏子，在阳光和风的装点下尽显风姿，把人们沉寂了一冬的心都撩动得活跃起来。

闻闻在公园里简直成了不听话的小犬，笑啊，叫啊，跑啊……不顾泥地高低起伏，不顾花草间的虫蚁，我们倒是为他捏一把汗，常常叫他慢点慢点。风儿把闻闻的头发吹起，短短的头发在阳光下像被洒了金色的粉，仿佛风儿把阳光都吹进了他的头发。这时候，风在动，阳光在动，闻闻的头发也在动。玩累了，我们找一块大石头依靠停歇。眼前一派明丽：白石傍水，水面青碧，涟漪波动，岸边杨柳依依，如宫殿里的侍女，婀娜多姿。闻闻指着柳树问："爸爸，这是什么？"我答："闻闻，这是柳树，长着长头发的柳树。"闻闻好奇地看着。

不曾想，闻闻突然念起诗来："《咏柳》贺知章，碧玉妆成一树高，万条垂下绿丝绦。不知细叶谁裁出，二月春风似剪刀。"一字一句，不疾不徐，就像这眼前的柳树一样，在春风中微微摆动，恰到好处。我想，他一定是把这首诗念给柳树听的，因为他终于能把《咏柳》和他眼前的柳树对上号了。念完诗，他自己高兴地拍起手来，我也激动地

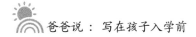
为他鼓掌。

这种惊喜让我久久不能平静。我在想，在千百年前，贺知章是否也在一个春晖明媚的日子，面对着含情脉脉的杨柳，带着一颗孩子般的心，写下这首《咏柳》？是否也如此激动地反复品诵？我知道，孩子是除了自然外最具有童真和诗心的，我在闻闻身上似乎也感受到了同样的美好，我好感动！

著名教育家苏霍姆林斯基曾说过："每一个儿童，都是一个诗人。"儿童是天生的诗人，他们总会有许多新奇的想法，创造出许多生动温暖的形象；他们的内心是善良的，世界在他们眼里是闪亮的。

但是，孩子内心的诗意和善良是需要被点亮的，而教育应该去点亮孩子内心的诗意。于丹在演讲中讲了一个故事：一个武士走到大街上，看到一个弓箭行，里面摆着一张弓，那个弓的雕花很符合他的理想。他对老板说，我要买这张弓。老板说，卖的弓都在墙上挂着。他一看，墙上的弓松松垮垮地挂着，看过去都不漂亮。他又跟老板说，给你加点儿价钱，我只买你这个完美的样品。老板笑了，那个样品是一个没有韧性的废物，真正卖的弓一定是松弛的，因为松弛才能保持柔韧、保持涵养。教育也应该这样，应该让孩子在诗意中成长，给他们更多自由的时间和空间，让他们热爱春花秋月，热爱草长莺飞，热爱长河落日，热爱人间所有的欢喜，同情所有的悲苦。

我们的孩子血液里是流淌着诗意的，诗经、唐诗、宋词是我们文化的根，传承文化、种植诗意是我们教育中义不容辞的责任。我并没有夸大追求诗意的价值，因为诗意可以让孩子的心变得柔软快乐，也可以让孩子的心变得温暖不再孤单，这两点对于当下的孩子来说是极为珍贵的。我们都知道社会需要人才，需要精英，我们从一开始就朝着精英的方向培养孩子。孩子也从一开始就卷入了竞争的行列，于是"我要争第一"的心态深深地烙在孩子的心底。我们的孩子一路上行色匆匆、神情紧绷，自然也十分辛苦。我一直在反观这样的现象，这难道就是我们给予孩子的最好的教育吗？在这样的教育和社会影响下，孩子具备了好胜心、战斗力，但是缺少了共情力、缺少了诗意的发现与

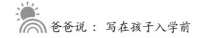

享受、缺少了品味生活的淡然从容。

再来听听媒体的声音，我们几乎每个月都能听到某某地方的某某孩子轻生的消息。你说这可能是心理脆弱、心理疾病。也许吧，但是当一个孩子不珍惜自己生命之前，一定是对生活失去了爱、对生活中的事物失去了热情，冷漠与孤独慢慢吞噬了热情与活力。如果一个孩子常常为"乱花渐欲迷人眼，浅草才能没马蹄"的景象所吸引，为"大漠孤烟直，长河落日圆"的景象惊叹，为"忽如一夜春风来，千树万树梨花开"的景象拍手叫好，为"不以物喜，不以己悲"的修养所折服，为"静以修身，俭以养德"的教诲所感动，为"先天下之忧而忧，后天下之乐而乐"的伟大而热血沸腾，那么他一定是放不下这个世界的，因为这个世界上有阳光，这里是温暖的！

一个儿童就是一首诗，一个儿童心里藏着一首诗，这首诗需要我们在生活中念给他们听，也需要我们用正确的教育方式融化到他们的血液中。

在生活中读诗

什么样的诗歌是有味道的？什么样的诗歌是经典的？问问孩子就知道了，这是闻闻学诗给我的启示。

在闻闻认学的诗歌中，最经典的当属骆宾王的《咏鹅》了，因为这首诗是他在一岁半就会背的，也是因为这首诗歌，开启了他诗歌背诵的旅程。那年春节，我们去厦门游玩，厦门大学的芙蓉湖里有两只黑天鹅，波光粼粼的湖面将黑天鹅照得毛色发亮。闻闻第一次见黑天鹅，兴奋地拉着我直往湖边冲，他喊："鹅，来 —— 鹅，来 ——"鹅却呆头呆脑，迟迟不动，仰着个脖子在湖中静静地观望。闻闻急了，脱口而出："鹅鹅鹅，曲项向天歌……"啊呀，多应景的一首诗啊！我看在场观赏黑天鹅的，没有哪个人会念起这首诗的。但是我从一个孩子那里听到了经典诗歌的

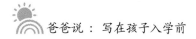

生活意蕴，是自然和谐的，也是对人心无声润养的。黑天鹅似乎听到了什么召唤，慢悠悠地浮过来，样子依旧呆呆的，我们摸摸它的头，它倒也不怕生，甚是呆萌可爱。

生活中充满诗意，诗意源于生活。让孩子去读诗，就是让他去感受诗意的生活。后来，在春风拂柳、阳光熠熠的午后，闻闻眼见风摆杨柳，口念"不知细叶谁裁出，二月春风似剪刀。"再次印证了经典与生活一定是相依相融的。

张志和的《渔歌子》我是特别喜欢的，因为这首诗歌同样透露出质朴的生活气质，因此它自然位列于我认定的经典篇目中了。我教闻闻念了六七遍，他便能流畅背诵了，此时他不满三岁。两岁半的孩子对图画和色彩是十分敏感的，这首诗歌画面感那么强，我特别想用线条和色彩将它呈现出来。只可惜我没有绘画的功底，只能在网上找，终于找到一个儿童诵读版的视频，里面配有生动的动画：青山静处、白鹭高飞、桃花飘落、鳜鱼游弋、渔翁垂钓。闻闻甚是喜欢，天天要看，后来就跟着读，抑扬顿挫，有模有样。

我这才发现，原来这首诗天生是适合孩子读的，孩子清纯的声音与诗歌清雅的气质天然吻合。不管他会不会读诗，读出来便是对的，我很惊讶。节奏韵律一般专属于格律诗的范畴，但这首诗不按格律规则出牌。诗句有长短，停顿有参差，却比格律诗更有韵味。其中原因我说不清，但我认定，经典不需要说清楚，只要你觉得它好就行，或者说连孩子都情有独钟的一定是经典。

闻闻对《渔歌子》这首诗，是时时想起，常常念叨。我见他在这首诗上存有这么大的兴致，便想和他交流一番，看看是真爱还是糊涂的爱。我指着画面上的渔翁问："这老爷爷怎么下雨了还不回家呢？"闻闻不假思索地答："因为他要钓鱼啊。""为什么下雨了还钓鱼呢？""他就想钓一条鱼回家去烧烧……这鱼大的……拿回家红烧吃。"我感到好笑，本想跟他解释这人是如何陶醉于美景，如何惬意地享受这一派田园风光和自由自在的生活，但又意识到在三岁娃娃面前这些都是抽象的、让人费解的东西。换个角度想想，这些所谓的解读谁知道对不对呢，谁知道几百年前的诗人自己是怎么想的。说不定，就像是闻闻说的那样，这人只不过是特别想吃鱼呢？这人有可能是诗人自己，也有可能是诗人看到的一个农人。生活于农村的人都是自给自足，取材于自然的。民以食为天，为了这一口美味，就算是淋一点小雨也无碍啊。

不能再想下去了，我有些糊涂了。我们那样解读诗歌有诗歌的美感，孩子这样理解诗歌也有诗歌本身的乐趣，谁说不能成立呢？

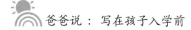

　　我清楚地记得，在我很小的时候，我妈给我买过一套《唐诗三百首》的儿童绘本。在贫穷的农村，能买到这样的书是极为少见的，抑或说农村里的父母能想到买书给孩子看的极为难得。书买回来了，我妈每天教我念唐诗，那时候我可以背诵好多唐诗，凡是来我家玩的邻里无不惊叹。得了人家表扬，我自然就非常高兴，念唐诗的劲儿空前高涨。后来上了学，有了自己要做的功课，念唐诗这件事就渐渐被淡化了。直到有一天，我突然发现，之前倒背如流的唐诗都说不出来了。我特别害怕，我觉得自己不如以前聪明了，但是我不敢说，也不会有人能告诉我其中的原因，这件事情就这样一直被掩藏在了心底。

　　直到有了孩子，我接触了一些育儿方面的书，才有了一些能说服自己的答案。每一个孩子在自己不认识字词的时候，大多是通过声音编码来记忆的，我能背唐诗，是通过妈妈的反复言传记下来的，诗中的意思我根本不理解，这样的记忆是短暂的。隔了一段时间后，很容易出现提取困难的现象，这是很正常的。我教我的孩子背诗歌，目的不是非要他记住诗歌，而是让他感受一下自古而来的精彩语言，在他的语言系统里留下那么一点点痕迹而已。

通过观察，我觉得要让孩子变成一个语言上有出色表现的聪明宝宝，我们做父母的可以做出一些努力和尝试。首先要给孩子提供足够多的机会去体验。父母在日常生活中跟孩子对话，不要嫌弃他们话多吵闹，要跟他们对话，给他们阅读各种类型的语言文本。孩子在不断地听读体验中自然会耳濡目染，勇敢说话。其次，要给孩子提供一个没有权威的环境。在一个没有权威的环境中，孩子会用自己的眼睛认识生活和真理，寻找幸福和把握自由。他们就会自然地用自己思考的语言来表达自己的感受和观点。有很多时候，这样的观点会和大人的观点相悖，这时候我们必须尊重孩子的想法。第三，和孩子展开讨论。如果想让孩子的思想更加开阔，父母就有必要在他读书之后和他展开讨论。在这具体语境中的讨论，会锻炼孩子的关注力、分析力、思辨力。孩子会在认真读书的同时，整理和分析读过的内容，勇敢地表达自己的观点。同时也能提高他们的表达和写作能力。

如果孩子能够改编创作就更好了。我从来不否定或制止孩子胡乱改编，相反，我十分欣赏孩子的这种不成熟的创作。每一次听到孩子改编诗词句或者改编歌词，我就感到十分惊喜。语言就是需要创造的，创意从来不是在某种成熟的规定中产生的，而是在空白的状态下，在自由的尝试中自然迸发出来的。创作就是高级的运用，孩子的语言

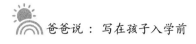

水平需要用这种方式来提升。

　　所以，对于一个孩子来说，我认为表达力和思考力远远胜过知识。背唐诗、学画画、学阅读等都不应该仅仅以学到某个知识或者某项技能为终极目标，我们的教育必须站在孩子能力发展的长远角度为孩子规划。

散 步

黑夜是私密的，它总是能让人静下心来寻觅自我，捡拾过往。在黑夜里散步，不带任何的目的，没有任何探寻的方向，没有日间杂碎的烦心事，倒别有一番趣味。

散步，顶顶好的去处必定是乡间小径。穿梭在田野之间，或者是依山傍水，或者是穿林跨壑，于广阔的田野间，时而有蛙鸣蝉噪，时而有宿鸟惊飞，时而能见明月如璧，时而能见雾霭氤氲。只可惜，如今的孩子已然失去了这样的福气。不过能在人造的公园见识安排好的花草树木，有时能幸运地遇见知了、蟋蟀，已经是不错的了。

夜晚带着闻闻去公园散散步，确实是一件快乐的事。我想我能为孩子做的，大概就是这些了。

进了公园大门，我便可以放心地松开手，任他在稀稀

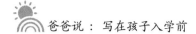

落落散步的人群里横穿、拐弯、欢跳，甚至跌倒。闻闻开心地如脱了笼子的小犬，欢笑着奔跑。微风吹动路边的树叶，也吹动他的头发，两边幽暗的路灯朦朦胧胧，与月色相交相融，夜安静极了。灯光将闻闻的身影拉得很长很长，闻闻发现了这个秘密，于是追着自己的身影跑，甚是好奇。我告诉他，这是影子，在暗夜里有了光，就会有影，影子会永远跟着你走。突然发现我的解释好无趣，在小孩子的眼里，影子就是一个形影不离的伙伴。你看他，一边回头看着身后的影子，一边往前走，还不停地说：这是我的影子！这是我的影子！

孩子看世界总是带着好奇心的，似乎世界一切都为他而来。黑夜是神秘的，让人又怕又爱。它把星月灯影拿出来逗孩子，孩子在黑暗里发现了明亮。

闻闻怕黑，但又爱黑。他总是跟我说："爸爸，我喜欢黑，因为我怕黑。"我捋了好多次其中的逻辑，最终发现，生活和内心并不都是理性的，感性的东西并不一定需要逻辑。爱黑夜的理由就是怕黑，孩子的世界，也是如此的神秘，我并不需要读懂，只需要读就行了。

他看着天上的星星大声念起词来："天上的星星亮晶晶……"我顺着他的视线抬头，还真有疏疏落落的星在黛色的苍穹上坚强地闪耀着。记忆里，似乎很久没有抬头仰望星空了。不知道是因为天上好久看不到星星，还是很长时间没关注天上的星星了。也不知道仰望星空什么时候就完全成了文字里诗情画意的指代。但是，此刻我似乎明白了，夜空不是黑的吗？星星在黑的夜空里不就是黑夜的美吗？如果说闪亮来自黑暗的衬托，那么美应该来自丑，实象来自虚空，喜爱也可以来自胆怯。

人们都说，孩子的眼睛是最清澈、最闪亮的。一次散步，我似乎理解了这句话的内涵：清澈是用来洗涤污浊的，闪亮是用来探视黑暗的。孩子的世界真好！

家是孩子成长最强大的后援力，做父母的一定要记住，千万不能让孩子失去家庭的意识。我们所有的教育中，家庭对孩子的教育一定是最重要的。设想，如果一个孩子感受不到家庭的温暖，再好的学校教育在孩子那里会产生什么样的效果？

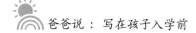

　　家庭教育中，每个家庭成员都有自己的角色定位和作用价值，谁都不能退出家庭角色，一旦有人退出就会失衡。孩子退出，教育就失去了对象和目标，某种意义上说，教育就不存在了；妈妈退出，孩子多半会失去细腻的关怀，孩子心里温度不够，往往冷眼看世界；爸爸退出，孩子多半人生的方向不够清晰，眼界不够开阔，胸怀不够宽广，内心没有安全感。家庭教育的完美实现必须是父母孩子共同参与，这是家庭教育顺利开展的必备条件。

　　在这基础上，方式和坚持就是家庭教育的精神内核。其实家庭教育的方式有很多种，并且没有哪一种是可以完全复制操作的，因为孩子不同，孩子的思维不同，我们碰到的问题不同，就不能照搬别人的经验。但是有一点我们必须一致认同——家庭教育必须有一种或多种属于自己的活动方式，并且坚持不懈地做。比如散步、阅读、绘画、交谈、认植物、收养动物，等等。因为在一些长期进行的活动中，孩子会发现很多陌生化的技能，而陌生化恰恰是激发探索欲促进成长的必要途径。在这些家庭活动中，孩子用孩子的视角看问题，父母用成人的视角看问题；妈妈用女人的视角看世界，爸爸用男人的视角看世界，这些差异正是丰富家庭共同生长的资本。孩子是在彼此的交流和分享中长见识、发散思维的，所以父母必须允许孩子视角的幼稚，必须认同他们的存在与合理。有时候，我们会发现孩子的想法和认知方式恰恰是我们缺失的或是遗失的。

我们会很惊喜地意识到，孩子有时候也能成为我们的老师，因为他们让我们从不同的角度审视自己和观察世界。

我认为，这样的家庭才是和谐的，才是我们期待的新型的宽容民主的家庭：父母不强迫孩子"成长"，孩子有交流与分享的空间和机会，父母与孩子相互影响，共同成长。

说的好听还是唱的好听

车里的对话

    闻闻从小就只中意车，各种类型的车，在地毯上码得整整齐齐，这就是他的车队。他爱他的车队，特别专一的爱。

    这一点随我。记得我小时候，农村还没有汽车，我没见过真正的汽车，但是我有玩具公共汽车，小轿车，于是在我意念深处汽车早就是我的常伴之物了。我每天都会站在高高的阳台上，眼前是一大片一大片的田地，我在窄窄的阳台上，以田地为背景，开着自己心爱的车，从东开到西，从西开到东，自言自语，不亦乐乎，这就是我的童年世界。后来，汽车慢慢普及，真正走进了我们的生活，而此时在我眼里，汽车彻彻底底成了一种工具，往日的乐趣早已没有了踪影。

    看着眼前的小朋友，不管在自己臆造的世界里，还是

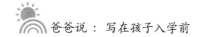

在现实生活中，不管是大车还是小车，只要车在，他的爱就在。闻闻坐在我车里，神情专注，话语极多，坐车是他最感兴趣的事儿。孩子对自己感兴趣的事儿总是会付出百分百的努力去关注，甚至会由此产生很多的奇妙之思。

"爸爸，你看，这是公交车……你说大不大？"对面的公交车缓缓行进，与我们擦肩而过，闻闻兴奋不已。自从爷爷带他坐了一次这个大家伙，他便心心念念，记挂于心，"可以坐好多好多的人呀。"孩子的语言总是此起彼伏的，说"好多好多"的时候，他故意拔高了音调，听起来特别兴奋。

我问他："爸爸的车舒服还是公交车舒服呢？"我故意引导他对生活中的事物有更深刻的感知，我想比较是一种很好的途径，因为孩子在比较中能形成他自己的观点。

"公交车舒服，我喜欢公交车。"闻闻回答。他的回答迅速而又坚定，我却糊涂了，公交车人多，座椅硬，坐在里面摇摇晃晃的，怎么会比我的轿车舒服呢？我问他原因，他不语。紧盯着前面的车看，前面正好是辆奔驰，闻闻很得意地叫起来："奔驰，奔驰，爸爸，你看。"嗯，奔驰是辆不错的车，他认识奔驰的标志已经很久了。有意思的话题来了，现在出现了他喜爱的两辆车，不知道在公交车和奔驰面前他会选择哪一辆呢？我问："闻闻长大了，想给爸爸买一辆什么车呢？""额……还是买一辆公交车吧。"很显然，五秒钟的停顿代表他是有思考的，最后居然还是选择了公交车。太奇怪了！公交车到底有什么样的魔力啊？我进一步试探："为什么要买这么大的车给我呢？你喜欢大车吗？"闻闻答："我喜欢大车，可以坐好多好多人。"这就是一个孩子的答案。

后来我终于发现，孩子都是喜欢大东西的，吃月饼的时候喜欢大月饼，吃水果时喜欢个头大的，搭积木一定是要搭到很高很高……

我实在不能再用成人的眼光和思维去左右一个孩子的选择了，我选择奔驰，是因为奔驰档次高，象征着一个人的身份地位，而孩子选择公交车，是他觉得大的就是好的。在他们的世界里，没有金钱、利益、名誉、地位的选项，他们只有大小、高低、喜恶之别，要不怎么说孩子单纯呢！

看着自己的孩子所经历的一切，似乎寻找到了自己成长过程中的影子，这是一件很奇妙的事情。但是时代不同

了，孩子成长的体验和发展的契机都不同了。

我喜欢车，但是家里没有人会关注我喜欢车这一件微小而又普通的事情。那时候，家里的每个人都在为温饱奔波，这是一家人的大事情。所以我只能一个人站在高高的阳台上，推着我心爱的玩具车，臆造一个可以模拟的现实世界，自己跟自己对话。而我的孩子喜欢车，他会有无穷无尽的话表达出来，甚至这件事本身就能激发他语言的发展。因为我关注他的兴趣，关注他生活里的每一点变化，试图抓住他成长过程中的关键点，我想用我自己的能力和经验陪伴他成长。而语言的发展我认为可分为两种：一种是内心的无声语言，另一种是口头的表述语言，这两者在人的思想里是一致的，但是有时候在实际的操作过程中又会出现口头表达的滞后性。孩子的语言发展，需要我们大人的互动，大人对孩子感兴趣的话题的回应会激发他们表达的欲望和潜能。对类似于这样一些养育问题的意识，两代人是不同的。

记得我小时候，同学之间会交换听一些卡带，因为经济限制，所以我们是以这样的方式来捕捉时尚潮流的。有一次，我的好朋友借给我一盒理查德·克莱德曼的钢琴曲卡带，从第一个钢琴的音符出来的时候，我就被深深地吸引住了。我反反复复把这盘卡带听了不下于三十遍。后来我花很少的钱买了一盒空白带，然后用一个能外放的随身听，开到最大声播放钢琴曲，另一个装着空白带录制音乐。

我对钢琴的爱可以说到了痴迷的地步，觉得所有的乐器中钢琴的声音是最圆润最通透的，那是我第一次强烈地感受到我喜欢什么。但是在我现实的生活里，除了在学校里看见过一架半旧的钢琴外，就再也没有机会了解钢琴的知识了。后来我鼓起勇气跟我妈说，我要学钢琴。还没等我表达完我对钢琴的热爱，就被她怼回来了。当然，理由是无法让我反驳的：一、钢琴的价格是极为昂贵的；二、买了也没有人教；三、家里没有搞音乐的人，没有这方面的遗传天赋；四、我平时连歌都不敢在外人面前唱，搞音乐是行不通的。于是，我这样一个美好的梦想就破灭了。如果这样的事情放到现在，也许还是会同样地发生，这其实不全是经济的问题，这里面还有教育理念的问题。我们有很多父母带着强烈的占有欲来养育孩子，并没有从孩子的角度考虑问题，往往与孩子的身心发展背道而驰。比如孩子喜欢大的东西，他就是要拿大的给自己，小的给别人，甚至不愿分享，而有些父母非得让孩子分享，非得让孩子拿小的，认为孩子拿了小的就有谦让的美德，就会被别人喜欢，从而大人就会有面子。似乎很多父母心里都住着一个"孔融"，但是为了面子，却强迫孩子丢失了自我意识的觉醒和自我价值的体现，而这种觉醒恰恰又是孩子的成长过程中相当重要的因素。那么这样的得失选择一定是不值得的，也是不明智的。

鸡鸡复鸡鸡

闻闻一岁开始说话，说的第一个词就是"奶奶"。这个词其实是一个很有意思的词，闻闻开始发的音是"nāi nāi"，说的是他的口粮，每次他一叫"nāi nāi"，奶嘴就送到嘴边，然后他开始贪婪地吮吸。后来，他开始认人，这个词变成了"nǎi nǎi"，这是他终日相伴的亲人，是最亲的人，是一刻都不能分离的人，为此，奶奶十分得意。"到底没白养啊！"奶奶如是说。

奶奶整日陪伴闻闻，陪他睡，陪他玩，陪他遛弯，陪他说话，还教他认识事物，教他背诗。闻闻一岁半就会背《咏鹅》，后来就背起了《悯农》《登鹳雀楼》《静夜思》《春晓》，等等，《三字经》也能断断续续背不少了，《木兰诗》也学了个开头。这让我们感到非常欣喜，闻闻的语言表达能力和记忆能力还是比较出色的，这是他的一大亮点。

　　某日下午，奶奶在厨房里放了一只宰好的鸡，准备晚上炖鸡汤。宰好的鸡，没了毛，一失往日之雄风。还有那皮肤，白白净净，就像涂了厚厚一层脂粉的老太婆的脸，全没了烹调好后那油光里飘着香味的诱人劲。这就是一只鸡的模样啊！活着的时候，雄赳赳气昂昂，甚至是耀武扬威，死了之后，就都是一副同样的可怜皮囊。所以，对于鸡我并没有多少好感，除了它的美味。

　　但是闻闻就不一样了，他看见桌上有只鸡，甚是好奇，这是他发现的新玩意儿。他在我怀里扭着小屁股要去摸，先是一只手指伸去试探性地一戳，又立刻缩回来，发现没动静，他倒嘴里发出"咯咯咯"的声音来，似乎想呼唤眼前的鸡，鸡还是没动静。闻闻这下胆大了，接着就伸手一把抓住鸡胸脯，翻来覆去地看。我怕他见着死物吓着他，可是他竟然完全没有一点点恐惧，真是无知者无畏。但是我还是拍了他的小手，夺了鸡，急急地说："宝宝不能摸，生的，脏！"于是匆忙洗了手，赶紧离开。可闻闻还是不舍得，伸着脖子，一眼不眨地瞧着没有生气的鸡，不知道他在研究些什么，孩子的世界我们永远都搞不懂，一只宰了的鸡究竟有什么看点。

　　我强拉着他走出了厨房，闻闻大声地喊起来："唧唧复唧唧，木兰当户织。"但是闻闻说的显然是"鸡鸡复鸡鸡"啊。这应该是奶奶教的一句《木兰诗》，他却在这里活学活用了。

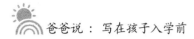

这着实让我一惊，孩子虽然不懂自己所学，却能用自己的理解去解说生活中的现象。尽管他的理解不对，但又有什么关系呢？成长不就是在不断地自我修正中完成的吗？

像这样现学现用，现场改编的情况还有不少，比如，他学了"举头望明月，低头思故乡。"有一次奶奶给他洗澡，让他抬头，他就来了句："宝宝举头望明月，奶奶低头思故乡。"嘿！还真是应了当时的景。

想想闻闻版的《木兰诗》，也挺有趣，一改原版悲伤的基调。木兰家里如今过上好日子啦，鸡鸭成群，木兰在门口织布，多么欢快，多么安宁。也不错！

鲁道夫·德雷克斯在他的教育理念中有这样一句话："闭上嘴，去行动。"这一句看似有些草率的话却适用于整个教

育过程。

　　大人总是企图用道理或者呵斥来教育孩子，让孩子服从自己所谓正确的思想，当孩子出现错误的时候就立马阻止，但是孩子对道理的理解和接纳不是发生在每一个阶段的，只有思想成熟，性情稳定的时候才能有较为理想的效果。所以我们对孩子的教育应该正面告诉他们该怎么做，很多时候孩子的错误并不是原则性或者实质性的错误，随着他们思想的成长，经验的丰富，自然而然就明白了。就像孩子在读"鸡鸡复鸡鸡"的时候，我根本没办法去纠正他应该念"唧唧复唧唧"，根本没办法让他明白什么是"唧唧复唧唧，木兰当户织"，也根本没办法跟他讲木兰是谁。这些东西在课堂上总有一天他会学到，而我现在做的只不过是陪他一起进行了简单的说话训练。

　　关于说话训练，或者说是语言训练，我认为由自己亲人带的孩子要比请保姆带的更有优势。因为亲人带孩子是怀着爱心的，他们会和孩子进行更多的交流，对孩子的照顾更细致，而保姆带孩子只是完成任务而已，能少付出一些就少付出一些。这一点影响在孩子语言训练期还是比较大的。心理学研究得出：语言能力发展比较好的孩子，求知欲往往比较旺盛。知识面也比较广，智力会发展得更好。语言能力发展比较好的孩子，往往思想活跃，性格开朗，喜欢与别人交往，活动能力比较强。当然，也有人认为，能说会道的孩子学习往往不行，因为他的能力在于交际，

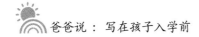

这样的孩子往往静不下心来听老师讲课。我想任何结论都不能一刀切，语言发展得怎么样不能直接推导出孩子聪不聪明，成绩好不好，但是说话早的孩子在很多方面都有利，至于能不能静心听课，还与专注力、学习兴趣、学习环境、生活习惯有关。

另外，语言的发展还与思维发展有着十分密切的联系。幼儿学习语言的过程，正是他们心理迅速发展的过程，学习语言和思维发展是相互影响，相互作用，相互促进的。从一岁半到三岁末这个时期，是幼儿语言活动积极发展的阶段。随着孩子语言理解能力的发展，语言表达能力也很快地发展起来，语言结构更加复杂化，表达能力的发展又为孩子理解能力提供了重要条件。

语言能力的形成一定是从习得到运用的过程，习得在于大人和孩子的互动，当一个孩子开始说话的时候，他对外界的探索欲望和对自己感受的表达欲望是最强烈的。这个阶段，孩子对外界的声音很敏感，你会发现，大人们在说话的过程中，孩子即使不参与对话，他也依然在侧耳倾听。倾听让孩子飞速地积累词语，这种积累很奇怪，似乎在接受信息的同时已经将信息融入语境中了，这和死记硬背是完全不同的，因为你会发现有很多词语、短语在孩子使用的时候，他们第一次就用对了语境。

那么在语言的发生过程中什么因素是最重要的呢？我觉得一是机能发育，二是外界融合。机能是前提，是物质保障，孩子的大脑发育，声音高低，视觉观察等等都是学会说话的先决条件。就如同有了土壤才能生长出花草。与外界的融合，就是说孩子作为一个成长中的个体，在来到这个世界之后，就开始与外界的声音、色彩、抚慰等等产生联系。而亲人的对话互动，我认为是孩子学会说话最为重要的一个因素。

发展心理学家曾经用维克特·阿伟龙这个野男孩作为研究人全面成长的切入口，这个野男孩曾经生活在法国中南部阿伟龙省圣塞尔南小镇的郊外。他被发现的时候12岁，但是身高只有136厘米，他用四肢奔跑，不会说话，不对别人的话做出回应。后来伊塔德将其领回家进行精心的抚养，并且以此为材料研究精神病学。经过五年"驯化"，伊塔德在一定程度上激发了野男孩情感、道德、社会行为等方面的能力，但是还是没有彻底成功，男孩语言的发展和思维的发展明显滞后。所以，当一个孩子处于语言发生期，如果没有大人和他对话，没有大人逗他笑，他大脑中负责语言发展的区域是得不到刺激的，那么这样的孩子语言发展明显滞后。相反，在大人和孩子积极的互动中，孩子会观察大人的表情，会听大人的声调来判断周围人的情绪，从而表现自己的情绪。语言对于一个孩子来说，就是"对"出来的。大人在他面前呃呃啊啊，嘻嘻哈哈，他也会以此来回应。到了一定时期，再教孩子发简单的音。当孩子学会了一些简单的词语后，我们应该让他听到更多新奇的词

语或短语，孩子的好奇心是最强烈的，他们听到一些陌生的词语或短语的时候会很开心，会尝试着说。比如我们在早期阶段，跟孩子对词语，我们说"高高"，他说"低低"；我们说"千山"，他说"万水"；我们说"花红"，他说"柳绿"。从少到多，从易到难，孩子慢慢地就能掌握规律了。我觉得这样的活动，既能让孩子积累词语，又能锻炼孩子的逻辑思维。等词语有了一定的量，可以尝试对诗句。当然，孩子说词语，背诗句并不是为了去考试，也并不是让他们成为才子才女，而是锻炼他们的思维方式和促进他们的语言发展。

红歌小王子

　　我突然在潜意识中发现自己已经好久没认真听一首歌了。似乎人过三十，日子是赶着过的。事业忙了，家有宝了，那些属于个人的美好事物渐渐地淡出了生命。不由感慨：人随时迁，情随人变！

　　风华正茂的大学时代，上 KTV 吼两嗓子是我们这群大学生较为喜欢的娱乐方式，我就是在那时候尝试着走到人前开口唱歌的。那时候真的会很认真地学一些歌，也会很认真地度过一个个伴着音乐和书香的午后。这样美好的时光，如今是找不回了，谁让人生是一条单行道呢！但是当我意识到生活里缺少音乐的那一刻，我真的害怕了，从这个时候开始，我学习着回望人生，思考人生。于是匆匆忙忙打开手机音乐，循环播放热门歌曲，可惜心不在焉，听

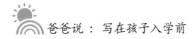

来也索然无味。我开始讨厌起这样的生活来。

最近连续几日淫雨霏霏，难得晴日高悬。闻闻多日未能出门，心情都快发霉了，听说我要带他出去玩耍，高兴得转起圈圈来，就像一朵渐将枯萎的花又恢复了生机。竟一时不小心开了嗓，歌儿从他嘴里哼唱出来，我在旁边为他鼓掌。我发现，小孩子高兴的时候总是能激发出很多让人惊喜的东西来。

闻闻尽管说话还不利索，但是唱起歌来倒是有模有样的。因为翘舌音还不会发，所以每每唱起"红星闪闪放光彩"的时候，就唱成了"红星散散放光彩"。不过音准还不错，表情也特认真，似乎非常陶醉的样子。这又是闻闻的一项独特兴趣，人家小孩子都爱听儿歌，他却喜欢听红歌。这就是所谓的各有所好吧。

后来闻闻对红歌的爱到了痴迷着魔的地步。最近学了一首《红色娘子军连歌》，这首曲子节奏感强，速度快，具有十分强烈的鼓舞性。闻闻爱上这样的音乐，也许真被这首歌曲鼓舞到了吧。于是每天早起要听，吃饭要听，如厕要听，睡前也要听。三周来，闻闻跟我交流最多的一句话就是"爸爸，我要听向前进"。于是，我的耳畔无时无刻不在循环播放"向前进，向前进，战士的责任重，妇女的冤仇深……"时间久了，我突然发觉，我为什么常常会无意识地哼起这个旋律？我怎么唱得如此流利，一字不差呢？！以前唱歌我可是最害怕记歌词的呀！

后来，我又发现这首歌居然成了我们家的集体记忆。宝妈在窗边叠衣服，从她那里飘出了相同的旋律"向前进，向前进……"奶奶在厨房做饭，在呲呲嚓嚓的炒菜声里，悠悠地响起"向前进"的旋律。爷爷抱着闻闻，两人不约而同唱起了这首让人耳熟能详的歌曲。

服了！服了！红歌小王子，让我们全家开启了红歌模式，有了音乐，日子似乎热闹了许多。人都喜欢过热闹、幸福、美好的生活，有了音乐，一定会给寻常的日子增添不少幸福温暖的感觉哦！

古希腊大哲学家柏拉图关于音乐的作用曾经说过这样的话："节奏和和声比什么都更能深入人的心灵，比什么都扣人心弦。人人知道，当我们的耳朵感受音乐旋律时，我

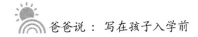

们的精神就会起变化。"美好的音乐自古以来都被认为是培养人类优良品德的重要工具。音乐的作用，随着人们深入的研究，越来越被大家重视。

一个人对于音乐的感知能力应该是与生俱来的，自从宝宝在妈妈肚子里有听觉反应开始，就能够对音乐的刺激做出反应，音乐对于孩子的听觉刺激和大脑发育的刺激有着非常重要的作用，所以胎教在当下受到了极大的推崇。其实，胎教在我们古代就有了研究，在《医心方·求子》中有这样的记载："凡女子怀孕之后，须行善事，勿视恶声，勿听恶语，省淫语，勿咒诅，勿骂詈，勿惊恐，勿劳倦，勿妄语，勿忧愁，勿食生冷醋滑热食，勿乘车马，勿登高，勿临深，勿下坂，勿急行，勿服饵，勿针灸，皆须端心正念，常听经书，遂令男女，如是聪明，智慧，忠真，贞良，所谓胎教是也。"在我看来，这里记载的内容是在强调妈妈情绪的重要性，她对宝宝有着直接的影响。而音乐是美好的东西，可以让妈妈调心神，和惰性，节嗜欲，庶事清静，用妈妈的良好情绪去积极地影响宝宝的发育。而对于音乐能开发大脑，让宝宝变得更加聪明，是没有现实依据的。

音乐不能直接让人增加智慧，但能够让人调节情绪，培养美德，激发语言和音乐方面的认知能力。多拉德·谢特勒教授通过观察一组通过音乐进行胎教的胎儿和一组没有接受过音乐胎教的胎儿，在长达10年的跟踪观察中，谢特勒教授发现了接受过音乐胎教的儿童比起没有接受过音乐胎教的儿童，在语言方面和音乐方面的认知都比较显著。

　　而后期，孩子喜欢什么样的音乐，选择什么样的音乐来听，我觉得没必要苛求。有的家长认为古典音乐好，有丰富的内涵，在音乐中属于高端货，所以常常强迫孩子听莫扎特、贝多芬、巴赫。孩子听不懂，不喜欢，又被强迫着没办法，硬着头皮装模作样听，这样反而会消磨孩子对音乐的喜爱。我们家的孩子就喜欢听红歌，听革命歌曲，是什么样的机缘巧合让他喜欢上这种具有特定时代背景的音乐的？究竟是什么音乐元素吸引了孩子？这还真说不清。但是他就是喜欢，喜欢的音乐反复听，听了几遍，我们再教他唱几遍，他就能哼哼唧唧唱出来了。

　　在音乐里，孩子是快乐的、享受的，这就足够了。至于是下里巴人还是阳春白雪，都是世人在用功利的眼光评判艺术，在孩子这里是没有意义的。

玩音乐

闻闻喜欢音乐，不到两岁就会唱歌了。喜欢音乐是件好事，至少心灵畅游于美妙的音符中，能陶冶情操，丰富情感。

圣诞节我送给他一个 61 键的电子琴，在他眼里这是一个庞大的家伙。包裹一到家他就抢着拆，手拿剪子，摸索着沿箱子的边剪起。我知道闻闻是中意真家伙的。还记得之前我弹吉他的时候，他总是凑过来跟我抢着弹，小手在琴弦上拨弄发出一个个跳跃的音，他很是欢喜。我看他是真喜欢，又考虑他人小，于是给他买了一个儿童玩具型的尤克里里，尤克里里四弦，琴弦质地柔软，不会像吉他那样容易伤手。但是买回来一弹，好像声音的味道不对，再看外形，尤克里里比起吉他来，明显小了很多。小孩子大多是喜欢大东西的，也喜欢好听的音色。于是，尤克里里就这么被他冷落在一边了。

玩起电子琴来，闻闻还算是有耐心，尽管并不能说是真正意义上的弹琴，但这个大家伙带着不少"机关"，能让他琢磨一段时间。没想到，没过几天，闻闻就摸清楚了琴上的大部分功能：中间的数字是切换音色的，打击乐是左边的一排，靠近打击乐的几个按钮是播放经典曲子的。右边的角落里有两排键是模拟动物叫声的。

现在他就沉浸在模拟动物的声音里，把手指放在琴键上，从左按到右，从右按到左，感受着动物叫声不同的音阶。闻闻弹琴从不按规矩来，没有指法，不懂乐谱，完全是自娱自乐，就像小鸡啄米一样，乱啄一通后，起座走人。我要教他"哆来咪"，他充耳不闻，为此我还有些生气。后来觉得自己着实可笑，一个不到三岁的孩子哪里懂"哆来咪"？还是顺其自然吧，很多人为的强迫往往消磨了孩子的兴趣，这就得不偿失了。只要他爱这样事物或者爱这件事，自然会去琢磨。

这几天闻闻特别自觉，吃完早餐必定会大展琴艺。因为人矮要先爬上凳子，尽管脑袋只露出桌面不多，但手能够到琴。白白小手，大大琴键，他依然用小鸡啄米的方式演奏曲子。曲子自然是不成章法的，或许他自己都听不过去了，就干脆播放歌曲，然后自己装模作样，陶醉其中，摇头晃脑，小脚甩甩。一脸得意地问："爸爸，我弹得好不

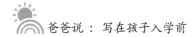

好？"为了不打击他，我只能做睁眼瞎子："嗯，好听！"闻闻受了表扬，高兴得不行。有好长一段时间他沉醉于自己演奏名曲的虚幻现象里。再后来，有一些曲调鲜明的歌曲他也能哼起来，只是歌词含糊不清，我仔细辨认，最终无果。听着大约是在唱"我滴妈妈屁股里，我滴妈妈屁股里"。我一直在想哪有这么俗气的歌？他是从哪里学来的？我为了解开这个谜，探索了好几天，后来，在弹琴的时候他又哼唱起来，这才茅塞顿开 —— 原来是一首红遍大江南北的歌曲《小苹果》，里面有一句是这么唱的："摘下星星送给你，拽下月亮送给你……"只是演唱者语速极快，发音含糊，才导致闻闻把小苹果唱到了妈妈屁股里，真是博人一笑。

原本一首好好的歌曲，闻闻把它唱得俗了，不过还真有点意思！其实搞艺术嘛，就应该雅的雅到极致，俗的俗到极致。雅到极致供人一品，俗到极致博人一乐，都挺好！

爸爸说

兴趣之于人的生命成长，是难得的，也是珍贵的。兴趣这个东西说来很奇怪，有时候生发于一个瞬间，有时候任你怎么找都找不到。曾经有很多次，我自己问自己，我的兴趣到底是什么？我曾经是否在感兴趣的事情上做出过成绩？很可惜，我想不出来。那个时候，我就像没有真正拥有过自己一样，内心流淌着孤独和悲伤。正是如此，我才认定，兴趣的重要性胜过知识，也胜过智商。有了兴趣，孩子前进的方向更加明确，脚步更加坚定；有了兴趣，孩子在任何生活压力下都能找到光亮和诗意；有了兴趣，孩子会探索到自己的人生价值和社会价值，实现生命的高度和深度……

北京大学教授、中国社会学家郑也夫先生说："兴趣不是培养而来，而是自发生长而来。"也就是说兴趣是一种意识的自然生发。既然是自然生长，我们就应该像呵护一棵小草一样，给它提供足够的空间和时间，给它需要的养分、阳光和雨露。兴趣需要充足的空闲时间、需要孩子自主的探索、需要接触更多的信息和生活技能。孩子在各种游戏和生活情境中探索，在家人的生活行为中耳濡目染，才会

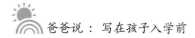

在适当的际遇发现兴趣。

　　每一位父母都应该成为教育者，都应该有教育的意识和理念。而教育的使命就是让人成为人，让人成为更好的人。那么，对孩子兴趣的呵护在某种意义上就是我们教育的责任。孩子的发展不应该顺着我们的意志去发展，而是顺着他们自己的轨迹去发展，这个轨迹就是由他们的兴趣引领的。

　　我认为兴趣的生发除了自发生长之外，还有另外一种途径，就是成就感。兴趣来自成就，来自荣誉感。当一件事情坚持做并且有了一定的成果，孩子就容易对这件事产生兴趣，他会把这件事做得越来越好。但是，培养出来的兴趣必须同时满足两个条件：坚持和成就。这不是一件容易的事。在我们身边有太多的人让孩子尝试了很多的技能培训，最终一无所获，孩子什么都没有坚持下来，我觉得这是很可惜的。其实在这个不断探索尝试的过程中，如果孩子能找到自己的兴趣，这是一件幸运的、幸福的事。如果孩子没有找到自己感兴趣的事，我们至少选择一件事坚持做，积极鼓励孩子做出一点成绩，孩子会因为那一点点的成绩而信心倍增，从此喜欢上让他看到希望的事情，这也是一种不错的教育途径。

　　不管孩子用什么方式找到自己的兴趣，也不管孩子什么时候能找到自己的兴趣，我们都应该坚定地走在发掘孩子兴趣的大路上，帮助陪伴他们探寻向阳的人生。

156

市井生活

市井之间，永远都无法装扮成天上人间。百姓啊，都是市井之间的百姓，吃红尘之中的米，坐市井之中的车，逛有趣没趣的店。孩子呢，也是市井之中的孩子，尽管他们都是父母的天使，但是在市井之中盗用天使的养育方式养孩子，他们未必快乐。天上人间有天上人间的烦恼，市井红尘有市井红尘的快乐，只要孩子健康快乐，我觉得都挺好。

闻闻最近特别爱去几个地方：公交站、百润发、蔬菜店。爱上一个人不需要理由，但是爱上一个地方一定是有理由的。

闻闻爱坐公交车，在他心里，公交车比爸爸的轿车好很多倍。很奇怪，我问他公交车那么颠簸，声音那么大，人那么多，有什么好的？他不说话，因为他还无法理解什么是原因。这份好奇，在我心里待了很久。直到某天，我突然发现闻闻开始自言自语了，他拿着他的玩具公交车在毯子上开，嘴里还念念叨叨："车辆起步，请拉好扶手，请注意安全。"一字不多，一字不少，清清楚楚。我恍然大悟，这就是他喜欢公交车的原因。因为公交车上有好听的提示语，大人对此不足为奇，但孩子不一样，在语言敏感期，任何话语表述他都感兴趣。

这样有意思的公共语言还出现在百润发超市，这也是闻闻爱去百润发的原因。每次进百润发，就能听到一个亲切的声音："欢迎光临！"每次离开百润发，也同样能听到："谢谢光临！"来了几次，闻闻学会了，每次走进百润发，他都会重复着两句话，一字不多，一字不少，这是他对百润发的爱。后来我发现，其他超市还真没有这两句话，唯独百润发有，原来这是百润发的企业文化啊。有些文化元素在我们生活中悄悄影响着我们，只是我们没有发现。想来也是，当你注意到了某物，某物对你的影响一定有限，因为你早有提防，只有那些潜移默化的影响才是最深刻的。孩子对外物的觉知往往敏感于我们成年人，他们耳聪目明，而我们年纪越长，眼睛耳朵的觉知越愚钝，老糊涂老糊涂便是这么来的。

市井的生活是丰富多彩的，市井里的声音大多也是极为有意思的。

最近我家附近又开了一家蔬菜店，话说这条街开什么都坚持不了多久，看来风水不适宜开店，这里循环往复，不知道换了多少个店铺。这家蔬菜店开了不多久，光景也渐渐变得冷淡起来，我们也很少去。我猜想这家店大概也"命不久矣"。某日散步，此店内传出了叫卖声："快来看一看，本店商品全部打折卖，全部打折卖。"每到这个点，叫卖声响起，每到这个点，闻闻和爷爷奶奶正好出去溜达。一来二去，闻闻学会了叫卖，于是每次经过店铺便拉着我们进去，"快走快走，全部打折卖了。"我告诉他，打折卖的东西也要看东西好不好，需不需要，不需要的不买，不好的也不买。这小屁孩居然也懂打折卖！可想而知，有多少人就是冲着这"打折卖"去的，这市井的声音多么有魔力！

仔细地听听市井之声，还真是一件有意思的事。孩子也是市井中的孩子，听听市井之声，也许就知道了什么是生活。

瑞典教育家爱伦·凯指出：环境对一个人的成长起着非常重要的作用，良好的环境是孩子形成正确思想和优秀人格的基础。这话没错，环境对人的成长有一定的影响力，但是外界的影响也没必要无限制地夸大。我觉得能直接影响孩子人格品质的环境一定是教育环境，而不是自然环境和外在的社会环境。

有人活动的场景，元素一定是多元的，那么影响一定是多方面的。孩子在一个安静的群体中，他会学着安静下来。静能生慧，孩子的思考力一定能得到提升，但是他们也可能不善与人交往，在平时的生活中更加保守；孩子在一个活泼调皮的群体中，他会学着打开自己，勇敢地面对陌生的环境，但是他们也可能会变得调皮捣蛋，难以静心思考。一切事物都是矛盾的，都具有两面性或者多面性，这是马克思主义哲学里的经典结论。所以我们在看待外界环境对孩子影响的事情上，必须理性，不必夸大。市井的声音也许是嘈杂的、是平俗的，但是这就是生活，孩子必须认识他自己的生活，咱们既需要书画琴棋诗酒花，也需要柴米油盐酱醋茶。我们没有必要学习孟母，三迁居舍；

我们也没有必要强迫孩子像毛泽东一样在喧闹的集市上读书学习。每个人适应环境的能力和方式都不同，适合自己孩子的才是最好的。

而事实上，我们谁也无法改变客观环境，我们能做的只是不断更新和完善我们的教育环境。我这里所说的教育环境主要是指家庭教育环境，或者说是父母的教育思想内环境。父母有合理的教育意识和理念，孩子的教育环境就能优化一些，走上理想的成长轨迹概率就大一些。事实上，孩子的"差"大致发生在两种极端的家长身上：一种是家长将教育只认定为学校教育，他们认为孩子的教育就是在学校里发生的，自己只是在扮演"保姆"的角色，这样的父母没有尽到做父母最关键的职责。另一种是将教育看得重于一切，以至于将自己认定的好的教育统统都用到自己的孩子身上，强迫着孩子接受所谓的好教育，这样的孩子大多是厌恶教育的，因为有很多在别人身上成功的案例并不能套用到自己孩子身上。世界上本没有最好的方式，只有相对适合的方式。

而在所有的教育环境中，家庭教育显然是最为重要的。家人与孩子的关系，对于一个孩子来说是胜过所有其他关系的。人的一生中，12 岁之前的教育是最为重要的，而这 12 年，孩子最依赖家人，家人对孩子的教育也最见效果。之后孩子就会慢慢过渡到青春期，这时候孩子的独立意识明显增强。如果在 12 岁之前，家庭教育总是朝着和

善阳光的方向前进，孩子的青春期就会过得比较平和柔顺。这就是所谓的教育关键期的重要性。而对于上面两种极端的家庭教育方式，第一种需要家长强化自己的教育职责，关注自己的教育意识和教育行为，把自己最好的一面表现给自己的孩子看，引领孩子向阳而生。第二种需要家长另辟蹊径，放下自我，走进孩子的世界，寻找适合的方式重新出发。

教育是向内的行为，有着潜移默化的影响，只有在优化的教育环境中，这一切才可能顺利发生。可见，父母真正有意义的教育行为就是为孩子打造良好的适己的教育环境。

第一句台词

一个孩子，从他开口说话的那一刻起，便找到了发掘这个世界的密码。当密码被破译，话语程序被启动，世界便与他的心灵相接。词汇如雨，不断积累，不断润泽，我觉得这是一件神奇而又让人惊喜的事。

我亲眼见证了闻闻语言的飞速发展，从字到词，到短语，到句子。如水涌山叠，日见其长。有人说三岁之前的小孩没有记忆，我看此言有误。我认为人自从有了语言，便开始了记忆，尽管是无意记忆也是记忆。而语言越来越完整，意识就越来越清晰；表达越来越精准，记忆便越来越长久。闻闻对自己说过的话，认过的事物不容易忘记。小孩子记的东西少，脑海中的存储量大，对事物的记忆就深刻。

此时，闻闻已经整两岁半了。我让他陪我玩一天，他

很爽快地答应了，我深感欣慰。其实，今天奶奶回乡下，妈妈上班，必须由我带他了。我怕他不愿意，故意说让他陪我玩，小孩子都是喜欢玩的，他能退而求其次，估计也是因为这个"玩"字吧。事实上，我跟孩子在一起，一定比他奶奶陪他玩的花样多。但是，平时我对他比较严厉些，会常常批评他的错误行为和夸张表现，他自然有些怕我。为了奖励他这一整天的良好表现，我决定带他吃比萨。

"比萨？"闻闻对这一新名词来了劲。好奇地问我："爸爸，爸爸，什么是比萨？"最近他有问不完的什么和为什么，我一时间还真不知道怎么解释"比萨"，幸好有百度，我搜图给他看，他便咂巴着嘴表示馋得很。于是我们一起驾车购比萨，一路高歌一路兴奋。

回家打开包装，如盘子般大小的比萨，面饼微黄，上面有油绿的葱花，星星点点；还有奶白色的起司，纵横交错，火腿虾仁红白相间，似冰火相融，看起来甚是诱人。闻闻一打开便"哇"惊叫起来，然后用手指轻轻蘸一下起司，美美地抿一抿，笑了。我让他快吃，他羞答答地不吃，也不让我吃。然后悄悄地对我说："爸爸，今天真的像我的生辰宴，你要为我庆生哦。"然后极其兴奋地哈哈大笑。我瞬间惊呆了，他居然能说出这么一整句话，而且没有任何语法毛病，更让我惊奇的是"生辰宴"这么高级的书面语，他是从哪里学来的？我问他跟谁学的这句话，他完全沉浸在兴奋中，根本无暇顾及我的好奇和疑惑。

　　后来，如往常一样，他要看《哪吒之魔童降世》，我才注意到，原来这句高级的台词出自此片。哪吒的妈妈对哪吒说："过几天就是你的生辰宴了，钱塘江的百姓都要来为你庆生……"哪吒一听，顿时喜上眉梢，两眼放光。闻闻看到这里就很兴奋。

　　这样想来，我跟闻闻一起看《哪吒》已不下三遍了。你别说还真是有趣，一个大人，一个小孩，同样爱看《哪吒》，我一遍比一遍看得粗糙，闻闻却一遍比一遍看得细致。我惊叹于一个没有语言功底的孩子，竟然能把一整句台词合理准确地运用到自己的生活中。我一定要记下他人生中的第一句台词！

　　心理学家研究发现：3 岁左右，孩子对语言的敏感性会更强烈，这一时期是孩子学习语言、学习母语的关键期。

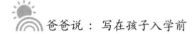

孩子语言能力的发展，从一岁开始就会慢慢地表现出来，然后某一天，你会发现，孩子一下子能说好多词了，慢慢地能说短语了，能说句子了，这是一个神秘而又令人激动的现象。

孩子有了语言，我们就能发现和评价他的学习力了。实际上，每一个孩子都有惊人的学习力。电子信息设备的兴起在某种程度上是可以激发孩子的学习力的。但是我们发现正是因为电子信息设备的发展让我们的孩子渐渐丧失了学习的动力，甚至在某种程度上影响了孩子的语言表达能力。于是，父母和孩子之间就开始了你堵我藏、你追我躲的游戏。尤其是到了中学阶段，这样的现象特别明显。我一直在思考和实践如何才能引导孩子们正确地使用手机电脑，让这些高科技的设备能为孩子的成长助力。但是，对于到了中学阶段的孩子来说，他们使用电子设备的习惯和对其功能的依赖似乎已经确定，很难再改变。于是对于学生出现的问题，我们首先想到的是"堵"，然后慢慢疏导，可惜收效甚微。

但是我发现，孩子对于电子设备的学习力是相当强的。一岁多的孩子就能够拿起手机自己尝试、探索、琢磨。不用多长时间，他们就能搞清楚手机里的一些基本功能，对于这样的孩子我是极其佩服的，因为他们不认识文字，这完全是无师自通啊。近年来网络课程的发展势如破竹，孩子可以对着屏幕学习说话，学习绘本，学习数学，学习英语，等等，他们学得乐此不疲。这不就是科技产品真正的功能吗？

我凭借给孩子看《哪吒》这件事，发现了他有两个特点：一、专注力不错；二、学习力不错。他这么大年纪的孩子其实对于剧情是有认知障碍的，但是他能够在一部电影面前看完大半部。某些他感兴趣的情节，还能学习一些台词，还能合情合理地用到现实生活中，我对此感到十分惊讶。当然我不建议大家让孩子看这么长时间的屏幕，因为我之前没有注意这个问题，导致孩子一段时间很用力地眨眼睛，后来就不敢给他长时间看屏幕了。但是在这一现象中，我重新思考起电子产品对于成长中的孩子的价值和使用路径等问题。我觉得有这么几点：第一，电子产品在这个网络极其发达的时代，隔绝是不可能的，也是没必要的。第二，孩子的是非优劣观还不健全，在对电子产品使用方式的选择上，家长必须严格把关，也就是说当孩子在使用手机电脑的时候，家长要尽量参与一起使用，如果不一起使用也得知道他在做什么。第三，电子产品绝对不可以成为陪伴孩子的替代物，缺少沟通的孩子往往容易陷入虚拟游戏中。第四，引导是我们做爸爸妈妈的事，我们有责任让孩子知道如何正确使用电子产品，形成正确的网络观。

任何事物都具有两面性，包括电子产品，而事物本身不分好坏对错，关键看使用者的心态以及使用的方式。教育永远是对人的活动，而不是对物的。

大自然是孩子天然的游乐场

野孩子

　　孩子都是有野性的，农村里把那些好动的孩子称为野孩子，其实每个孩子都不同程度地野过。我想只有野孩子才有趣啊，因为生活里有趣味，才野得起来，不是吗？现在的孩子大多躲在屋里玩玩具、看电视，都没法做野孩子了，似乎趣味也少了很多。

　　闻闻也是如此。似乎在他的世界里，他的玩具车队占据了他大部分生活。尽管他玩得很带劲，能用车模拟各种各样的场景，可以自我对话、自娱自乐，但是毕竟时间长了就会生厌。无事可干的时候，小孩子就会缠着大人想各种办法来满足他们的愿望，这就是现在的孩子脾气大的原因。我们那时候尽管穷，但玩的东西可多了：捉蝌蚪、钓小鱼、滚铁环、打弹珠、过家家……这些游戏不管是独自

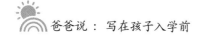

完成还是与伙伴合作完成，都充满了趣味。野孩子的注意力早就被这些有趣的事儿吸引去了，哪有时间发脾气啊？想到这，我有时候还真为闻闻以及现在的孩子心疼。

抓着周末的空闲，我们带着闻闻一起前往公园，我想大树、绿草、野花、飞鸟、游鱼，还有那清清的河水，低飞的蜻蜓，都应该出现在孩子的成长诗册中，尽管缺少了一些农村的自由和野味，但也多少可以弥补一些他与自然的亲近吧。

闻闻爱草，尤其喜欢在绿绿的草坪上跑，或许孩子都喜欢充满活力的绿色，或许喜欢小脚踩在软软的草上飞奔起来的安全感，又或许喜欢听见空旷的草地上流淌的风声。有时候在风中能听见一两声鸟叫或是蝉鸣，闻闻都要停下来，侧着脑袋仔细辨认，然后不停地问："这是什么声音？哪里发出来的？"直到有了答案才罢休。

走到路的尽头，发现有两棵树，走近一看，原来是桂花树！我激动起来，突然怀念起了老家的桂花树。老家的桂花树不比公园里的小，每年两季开花。花开满园处处香，谁要是沉浸在这馥郁的花香里，忧伤肯定会被花香消解。桂花的香是让人安静而又睿智的香，在这桂花香里泡一杯茶，捧一本书，是极为惬意的。眼前的桂花，看起来开得正旺，可惜闻不见这沁人心脾的香，我凑上去，用力嗅一下，淡淡的。我想一定是离开了村庄，桂花也失去了野性。闻闻见我嗅着花香，也一定要凑过来嗅一下：嗯，香！很开心！他用小手攀住花枝，轻轻一摇，一朵一朵，簌簌而落。闻闻看着花落，有些沮丧："花花凋谢了，不能再开了。"我说："花花是去给泥土香香啦。"他又开心起来，用手抓起一把飘落的花，飞跑出去。

一朵花的香原来能让一个孩子高兴，一棵草的软能让孩子奔跑。大自然就是给孩子们提供了无穷的野趣，做个快乐的野孩子多好！但愿每一个孩子的心离大地越来越远的时候，都不要忘记风的自由、草的柔软、花的芳香，还有清远的蝉鸣蛙叫和低飞的蜻蜓。

瑞士著名的儿童心理学家皮亚杰说："儿童不得不经常使自己适应于一个不断地从外部影响他的、由年长者的兴趣和习惯组成的社会世界，同时又不得不经常使自己适应

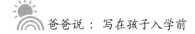

于一个对他来说理解得很肤浅的物质世界。但是通过这些适应，儿童不能像成年人那样有效地满足他个人情感上的，甚至智慧上的需要。因此，为了达到情感上的平衡化，他需要拥有一个可利用的活动领域。在这个领域里，他的动机并非为了适应现实，恰恰相反，现实被他自己同化。这样一个活动领域，便是游戏。"野孩子都是玩游戏的高手，他们的头脑里能创造出无数种游戏的玩法，在任何的环境中，在任何的事物面前都能玩出自己的乐趣来。

我是十分赞成孩子去玩的，也十分欣赏会玩的孩子。一个会玩的孩子，眼神里、举止中有活力、有灵气，脑袋瓜子转得快、点子多、有创意的想法多，这样的孩子将来一定有无穷的潜力。我们做老师的观察孩子的机会太多了，出现在我们眼里的孩子千姿百态，性格各异，但是有一点我们从来不会看错——没有灵气、缺乏活力和想象力的孩子成绩基本都不怎么样。这样的孩子你能说他们的家长不会教育他们吗？绝对不是的，现在的家长都很重视教育，所以很多孩子很小就开始接受各种各样的知识，家长们煞费苦心，想让孩子赢在起跑线上。但是这样生拉硬扯往往会弄巧成拙。近年来，患有注意缺陷的孩子越来越多，究其原因，也许是咱们往孩子的大脑里装了太多知识和不快乐。大脑的发育是有规律的，我们必须遵循大脑发育的规律。孩子的大脑从前面的额叶开始发育，这个区域主管的不是背诵识记，而是尽情地蹦蹦跳跳、学习的自由精神、看到新事物产生的好奇心、对朋友的关怀、与爸爸玩耍时形成的存在感、看到长辈打招呼的礼节、玩完物品自觉整理的秩序意识等各种素养。这些素养不就是在游戏中产生的吗？当然，我在这里的意思并不是让家长朋友们不要对孩子进行文化兴趣的培养，而是说，在喂食这些"精细粮"的时候不要忽视让孩子吃点充满野味的"粗粮"。

孩子天性好动，对周围的世界充满了兴趣。在孩子的世界里就应该是充满野趣的，给孩子游戏玩耍的时间，不要以为这样做会导致孩子缺失什么知识或技能。其实，多年以后，当孩子回忆起来，他的童年缺失了快乐、缺失了自我、缺失了童年应该有的样子，这远比缺失一些有用没用的知识更加痛苦和不安。趁孩子还没有学业压力、还没有事业烦恼，趁父母还奔波得动，趁孩子还愿意依附于你的时候，多陪孩子游戏自然、游戏世界、游戏精神的圣地，在游戏中渗透教育，这才是具有潜移默化深层影响力的教育。

荷 花

那年夏日，我路过池塘，偶见夏荷，为之震撼。于是写了一首诗：水光潋滟春已尽，一枝红蕖立水中。翠盖拂风娟娟净，信步遥闻暖暖香。

又是一个夏日，闻闻举着一枝荷花进家门，迫不及待地与我分享他带回来的新事物，那高兴的样子就像是花金龟发现了一大坨花粉一样。我看他手上拿着的荷花，亭亭玉立，清新可爱。荷花是出淤泥而不染的花中仙子，碧绿的枝，粉红的瓣，嫩黄的蕊。花瓣半闭合着，俨然就是一个刚出浴的娃娃，粉红着脸，一尘不染，洗尽尘世之铅华。

我不禁惊叹："哇，真漂亮！"

闻闻听见我的惊叹就高兴，小孩子都喜欢听夸奖之语，而且喜欢夸张的表达，一个"哇"字，就把他所有的兴奋都调动起来了。我们把这枝摘来的荷花插在水瓶里，尽管知道它的寿命并不长，但还是想竭力留住它的美。

我们等待着荷花的绽放。第二天一大早，我还睡着，就隐隐约约听见闻闻起床推门的声音，然后就是惊讶的呼喊声，极具穿透力地从客厅迅速传入房间。

"爸爸，爸爸，花花开了！开了……"他径直闯入房间，门撞击墙壁的声音，惊得我们从床上直坐起来。他拉着我的手，把我从床上拽起来。

"哇！真的太壮观了！"没想到一朵花的开放也能让我们的心灵为之一震，切实地感受到生命的坚强与伟大。其实，昨天看到欲开未开的花，我并没有抱太大的期望，但是今天这一朵残枝断根的荷花给了我一个惊喜。开了的荷花一改娇羞的姿态，在曼妙中显露出奔放。闻闻甚是欢喜，用手轻轻地抚摸花瓣，那柔嫩的小手与白里透粉的花瓣在刹那间相遇，我觉得这是世界上最最唯美的画面。

天渐渐暗下来，闻闻有些沮丧，"爸爸，荷花呢？"

"荷花不是在瓶子里吗？"我望向那枝让我惊喜的荷花，发现早上开得如此娇艳的荷花此时又闭合起来了，看起来垂头丧气的，我连连感叹：残败的生命真的不长久，没想到惊艳的美仅逗留了不到一天。我沮丧起来："闻闻，荷花闭起来了，可能是要凋谢了吧。"

闻闻把脸凑近荷花说："爸爸，荷花睡着了。"这句话在我心灵深处猛地一击，这样的解释多有诗意啊！在孩子的眼里还没有陨灭、消亡的概念，一切事物都是有生命的，睡着了可以醒来，但凋谢了就一去不返了。事实上，荷花

到了次日早晨又尽情地开出来了，后来我才知道这是睡莲，睡莲晨开暮闭。

这一切都太神奇了，大自然太神奇了，孩子也太神奇了。在花儿的心里面，生命的绽放就是它们在这个世界上最重大的事，它们静悄悄地完成每一次绽放，竭尽全力地接受自然的召唤。而孩子的内心，满是好奇、美好、善意和温暖。他们在对世界的一次次认知里变得成熟和丰富，孩子的心是离自然最近的，他们看见的是自然的本真。这种感觉，与我在荷花盛放之景中从心底挖出来的那句话是一样的——翠盖拂风娟娟净，信步遥闻暖暖香。

德国著名诗人荷尔德林有一句名言："人类尽管一生充满劳绩，仍诗意地栖居在大地上。"这句诗道出了生命的本真自然状态，是我们每个人一生在追寻的状态。如果用一句歌词来套用，那就是：生活不只是眼前的苟且，还有诗和远方。

诗意这个词的境界，在人们心里总是那么缥缈。很多人觉得我们能苟且地生活已经非常不错，就别奢望诗意和远方了。其实生活和诗意并没有层级之分，诗意也并不遥远。只要你心中有诗意，诗意就在你的生活里。眼睛能看见心灵能感知的美好，就是诗意存在的地方。如何才能发现美、发现诗意？我觉得这是我们要努力的方向，不仅要让自己体会诗意的美好，还要为我们的下一代点亮发现诗意和美好的眼睛。

大自然是童话的诞生地，是一切诗意和童趣的起源地。而在当下的教育中，存在着一个明显的缺陷，就是对自然教育、美感教育的忽视，我们的孩子常常徘徊在技能学习的大门口，追求着枯燥的分数。而未来的教育有可能会出现更严重的孩子远离自然的现象。有很多家长为了孩子的技能发展，早早地将孩子送进了各种类型的培训班，这样的孩子或许能成为"别人家的孩子"，但是他们失去的是走进自然的机会，这样的损失是一生难以挽回的，"别人家的孩子"也并不什么都好。要知道，大自然为我们孩子的成长提供的帮助是无穷无尽的，孩子可以站在大树底下跟大树比比谁高，可以看到五颜六色的花长着不同数量的花瓣，可以闻到不同香味的花香，可以发现石板下泥土里成群结队的蚂蚁，可以让孩子用手去摸摸柔嫩细滑的花草的

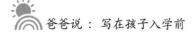

叶子……这种发现的乐趣、灵动的画面是书本里课堂上没有的。

在孩子们还小的时候，我们就应该带着他们多亲近自然和动物。让他们探索自然，触摸土地，观看四季的变化，聆听大江大河的声音和林间不停的蝉鸣，告诉他们那些关于自然的传说……凡是对教育有思考的人应该会时刻关注对孩子诗意心灵的唤醒，应该永远铭记大自然是孕育生命的地方，是收获一切童真和美德的地方。带领孩子探索自然，是一堂必修课。

自然教育、诗意教育是具有无上价值的教育，它能让我们的孩子将日子过得丰盈起来，让我们每个人的心灵变得多彩、阳光起来。

七星瓢虫

　　秋来夜静，周围的嘈杂在夜幕之下画上了休止符。天上的那一轮圆圆的明月，腆着肚子正睡得安稳，四面的风稍稍带了些凉意，吹响了树梢的叶。

　　我在书房看书，闻闻在房间里玩……

　　突然，卧室里传来闻闻的叫喊声："爸爸，爸爸……快来看……有一只大虫。"喊声里带着些紧张，似乎又同时带着些激动。我放下手中的笔和书，看见闻闻站在床上，准备好随时干架的姿势。他指着台灯上的大虫让我看。我睁目而视，大虫在哪里呢？他爬下床，猫着腰，蹑手蹑脚地走到台灯旁："呶，在这里，快看。"我探下头，果然看见一只半个小手指甲那般大的七星瓢虫，静静地停留在台灯上，明明是一只小小的七星瓢虫，闻闻却说成是一只大虫。在孩子的眼里，一切都是大的，一切都充满了惊奇。趁着这股劲儿，我让闻闻仔细观察，小甲虫披着橘黄的铠甲，铠甲挺别致，上面缀着波点，就像一个将军，神气十足。只是不知道它在观察些什么，我说瓢虫就是个呆头将军，我们靠那么近，它居然还是没有察觉，要是在战场上，它早就没命了。

我抽来一张纸，准备将它裹到窗外，留它一条命，让它在广袤的天地间冒险，毕竟虫儿能来尘世一趟也不容易。我跟闻闻商量，闻闻表示赞同。可是当我轻轻触碰到瓢虫身体的一瞬，它猛然张开翅膀飞了起来，就像变形金刚打开铠甲，威风难挡。只可惜，它被突如其来的打扰惊着了，说飞就飞的旅程往往毫无目的。瓢虫在我们头顶盘旋了好几圈，依然没有找到降落的目的地，后来草草落脚，没想到落在了闻闻的脖子上。闻闻惊了，直着脖子不敢动，只能怯怯地向我求助："爸爸，爸爸，快帮我拿餐巾纸……快点……。"我把纸巾递给他，他一把抓起纸巾就往脖子上拼命擦，瓢虫似乎早有了警惕，还没等闻闻按压上去就飞走了。可是这样没有预约的相遇，给闻闻带来了莫名的惊恐。闻闻在虫儿短暂停留的地方反复擦啊擦，稚嫩的皮肤被擦得通红，没想到这么小的孩子也知道肉麻。

我抓住他的手让他停下，问："大虫咬你了吗？"他答："没有。"我想了想，试着开导他："这么漂亮的七星瓢虫是因为喜欢你，才亲了你一下。"闻闻怔了怔，好像信了。孩子对童话总是持着信任的态度，因为童话里的世界实在太美好了。我想今天的七星瓢虫不就是从童话里飞出来的吗？此时此刻，我最重大的责任就是让闻闻感受到七星瓢虫带来的童话故事是美好的。于是我好奇而又羡慕地问："瓢虫在你脖子上，跟你说什么悄悄话了？"闻闻天真地编起故事来："说了说了。它在唱《我爱北京天安门》……可好听了。"语气中带着得意，完全忘却了刚才的紧张和惊慌。这首红歌是他最近一直在唱的，此时拿来编这么个故事，也算是颇有些迁移能力了。

七星瓢虫的美好故事在这个月圆之夜，由不到两岁半的闻闻编述完成了，今晚突如其来的相遇应该都编写在童话般的美好之中吧！

每一次听到《虫儿飞》这首歌的时候，总感觉自己仿佛走进了一个童话世界。"黑黑的天空低垂 / 亮亮的繁星相

随／虫儿飞／虫儿飞／你在思念谁"这难道不是一个让人感到温暖的童话世界吗？在黑黑的天空下，夜静静的。天上闪亮的星星，似乎有很多话要跟你说，这些话不用讲出来，自然会在心间流淌。还有那虫儿，也是明人千愁，解人喜忧的，它们翩翩起舞的那一刻，就勾起了无尽的回味。这是一个童话的世界，是一个孩子喜爱极了的童话世界。

所以，我不能接受在儿童的世界里缺失童话故事。童话故事就像是潜入泥土的水，滋润着在泥土里成长的生命。没有水，生命会枯竭；没有故事，精神生命也会枯萎。我知道给孩子讲故事有很多好处，比如说故事能让孩子放松情绪，增加乐趣；故事能提高孩子表达的欲望；故事能提高孩子的表达能力；故事能提高孩子的逻辑思维能力；故事能提高孩子的想象力；故事能培养孩子的情商、逆商，等等。

其实，我给孩子讲故事并没有想那么多，也不愿在意那么多能力的培养，这样太累！也许我讲故事只是为了讲故事这一件好玩的事，也许是为了和孩子有另一种交流的方式。但是其中有一点是肯定的——我想在孩子看懂社会现实之前，多看看这样有趣而又温暖的世界，今后他会用温暖有趣的眼光看现实残酷的社会。所以我主张读正能量的美好的故事给孩子听，这样的故事能在孩子纯洁的心灵上描绘温柔靓丽的色彩。我相信，那些美好善良温暖的东西会在孩子今后的人生旅途中，帮助他度过每一个寒冷的冬夜和失望的低潮。

　　如果在孩子的教育中你不太关注那些高大上的理论和案例，也不太清楚自己应该怎样教育孩子，告诉你，讲故事！要坚持讲故事，要讲温暖而又美好的故事，要带着不同的语气、不同的角色讲，要和孩子在故事中交流互动，要从书里的故事讲到书外的故事。环顾四周，我们的生活中哪一样东西不能进入故事？哪一个人不能进入故事？特别是孩子自己，本身就是童话中的一员。因为当孩子在听故事的时候，很容易将自己想象成为故事中的一员。

　　我想，趁孩子还相信童话的时候，就好好用童话为孩子构建一个美丽的世界，这是教育最美的地方。

浇　花

妈妈拿回来好几盆花，有吊兰，有绿萝，还有月季。闻闻特别高兴，围着花盆前前后后，左左右右，转了好几圈，用手碰碰叶、摸摸花。在他眼里，这就是家里的新朋友。

妈妈帮花儿翻土、加营养液、浇水。闻闻也没闲着，拿着自己的小铲子在旁边铲铲挖挖，原本平整的泥土，被他挖得这里一块，那里一堆，像地鼠挖洞留下的残迹。妈妈急得直叹气："闻闻，快停下！"闻闻哪里肯罢手，他完全沉浸在培育花草的乐趣中呢。妈妈敌不过闻闻，只好草草收场，拉着他去浇花了，浇花是件简单的事，闻闻应该可以参与，于是闻闻给每棵花苗都喝足了水。

小暑之后，天气越来越热，明晃晃的太阳就像颗炼了亿万年的丹球，悬在天空的中央，不偏不倚，正好把光热不留余地地洒在我们屋顶上、路面上、树叶上……外面的树叶一动也不敢动，仿佛被囚禁的战俘，垂头丧气，苦不堪言。

闻闻闹着要喝水，我给他冷热参半，倒了满满一壶。闻闻滋溜滋溜吸了好几口，终于满足了，于是把瓶盖好，放一边，开始干起他的大事来。每次想起什么事情来，他总是全身心地投入到他的大计之中，我们常常说他不长耳朵，他却依然坚持自我，不理他人。

他跑进厨房、打开橱柜，拿出一个大碗，回到原地，放在凳上。"他这是要演哪一出呢？"我暗中思忖。我最担心的是他把碗给摔碎了，毕竟人小手小，拿着一个大碗，摇摇晃晃。但是想起专家说孩子有孩子的想象，大人千万不能去打断孩子专注的过程，于是我闭上嘴，强忍着静观其行。我拿着书，坐在沙发上假阅，偷偷观察着这位小忙人。他拿起自己的喝水壶，猛吸一大口，两颊鼓起来，多像癞蛤蟆的肚皮哦，然后他把水吐在大碗里，低头看看碗中的水，显然很得意。又吸一口，再吐进碗里，这样重复了好几次，碗里的水渐渐多起来。闻闻放下水壶，端起碗往门外走，走得小心翼翼，而我并不知道他的小脑袋里又想出了怎样消遣这碗水的点子。我悄悄地跟着他，到了门口，他才想起自己的身高还够不到门锁。于是笑嘻嘻地向我求助，拉着我的手说："爸爸，开。"

我问："宝宝想干吗？"

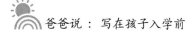

"去浇花吧，花花要喝水。"闻闻说得一本正经，没有半点开玩笑的意思。

他的话让我恍然大悟，内心生发一丝欣喜，当然也有一点羞愧。我刚刚随意地揣测了一个孩子，认为孩子从来只会瞎玩、搞破坏，没想到却以最坏的恶意去揣度如此善良的心灵。我太低估孩子了，一个孩子自己渴了知道要水喝，这不足为奇。他由自己渴了想到花儿也会渴，从而想办法帮助花儿喝到水，这是大人都不易做到的同理心，也是世间最大的善。我为他欣喜的原因，是我看到了一个孩子因打不开瓶盖而一口一口将水渡入碗内，只为花儿能得到一丝丝滋润的纯真善良。我这才领会到，成长其实是心灵的启悟，并非年岁的累加。我羞愧是因为我们长大了，知识丰富了，却忽视起身边的花花草草来，其实我们变得越来越无知了。

我拉起他的手，打开门——"走，爸爸和你一起浇花去！"

爸爸说

　　道教第一劝善书《太上感应篇》中有一言："诸恶莫作，众善奉行。"它告诫人们要日行善事，去恶为善。就像明代陈继儒在《安得长者言》中说的：人生一日，或闻一善言，见一善行，行一善事，此日方不虚生。在我们中国的文化里，善意是有根脉的。这将牵涉到圣人孔子的学说，也牵涉到中国古典的文化根基。所以，善意教育必须是贯穿在所有教育领域的无形的指挥棒。教人从善、与人为善是人一辈子求学的内容。

　　有人说，人性本善，因为后天成长的环境复杂多样，人们原本纯真的性情总会因为各种因素——或是难以抑制的妄念和欲求，或是由于环境的影响而难以保持原本朴素的心肠——有所浸染，所以，人生的修炼就是要探求回归本初之善性。也有人说，人性本恶，所以人的一生一直在修缮本性，将恶与丑修缮为善与美，这是人性向至高境界的升华。但是，我想说的是，人性并非单一，善与恶在人出生的那一刻就已经交织在一起了。大家在养育孩子的过程中会发现，孩子有时候就像天使一般讨人喜欢，有时候就像恶魔一样让人讨厌。但是我们不会用善与恶这样一

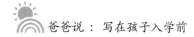

种道德的标准去评判一个不谙世事的孩子，因为在孩子的世界里还没有形成善恶的理解。而对于一个孩子是否具有善的品质，也只不过是我们大人用成人的标准做出的评判，这对于孩子来说是不成立的。有的孩子会经历一段喜欢打人或者骂人的阶段，这是孩子表达情绪的一种方式，因为他们不知道如何正确地处理自己的情绪，所以用一种极为显性的不友好的方式来传达。我们明白这样的表现是不好的，不具有善意的，但不能够随意地给他们贴上善恶的标签，而要做向善的正面引导。

我们对孩子的引领需要善意教育，其中的目的就是留存深化生命最初的善意，修缮原始的野蛮与丑恶。道家对善也有着类似不同层面的解读，道教所理解的"善"，便不仅仅只是要求人们在生活之中去做一个善良好人，而是更添加了一份缮性的意蕴。缮性，即是修缮人的本性，是在面对已经被俗尘浸染的性情时，尚且能生起修缮自我的心念和行动。其实，这也是教育的初衷啊。

在动物园里遇见狗尾巴草

　　自从有了闻闻，我们想走就走的旅行基本不可能了。每次出行都得考虑着适合去哪里，适合用什么样的方式，既要有观赏性，又不能走得太累。因为孩子的成长需要经历，但也要合时，这样一来，目前可以走得起来的旅行并不多，游山玩水、激情冒险都得一并排除。思前想后，还是去动物园看看动物吧，一来小动物有趣，二来接近自然可行。

　　两岁多的闻闻知道要一同出行，高兴得话语又开始多起来。对于旅行他倒是不陌生了，在他两岁之前就去过遥远的厦门，不管是坐车，坐飞机，坐轮船，还是步行，他似乎都不介意，只要是玩，他都乐意。可惜的是，入园之前下起了毛毛雨，兴致顿减了一半，再加上由于路上堵了

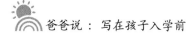

一个多小时，游玩的好心情丝毫不剩。再看看孩子，似乎车外的雨，车外排着的长长的车队都没有影响到他的心情。这些糟糕的现象反而成了他观赏的景点。

终于进了园，我们沿着一条小径，一辆车接着一辆车，慢吞吞地前行，就像设定了航道的甲壳虫，只能悠闲地游览。小径两旁，各种叫不出名字的树荫郁葳蕤，起伏的小坡周围怪石嶙峋，在清丽中不失气派。前方树丛里有几只梅花鹿在散步，还有几只大胆地跑到路边，观赏起游人来，真有一点"你在桥上看风景，看风景的人在楼上看你"的味道。据说鹿喜欢吃胡萝卜，我们正好带了些，出发前早有准备。我们把车窗摇下，那些鹿还真的探头探脑进来接食。闻闻开始有些害怕，躲在妈妈怀里不敢伸手，后来见鹿在我们手里啄食并无危险，也开始尝试着把胡萝卜送到鹿的嘴边。鹿扭动着嘴嚼着闻闻手里的胡萝卜，闻闻激动地说："鹿，鹿，给你吃。"

车到了园内停车场，大家下车行走，太阳也出来了，我们心情终于好起来。从坐了两小时的车里走出来，整个人筋骨舒展开了，精神也抖擞起来。闻闻像脱了缰绳的小马驹，在草地上打转转。

地里最多的就是狗尾巴草，在风里摇头晃脑，甚是可爱。狗尾巴草是农村非常易见的草种，因为太平常又太易长，所以被视为野草。但是闻闻没见过，他蹲下身，伸出手，轻轻抚摸，毛茸茸的，甚是欢喜。我给他讲解这叫狗尾巴草，毛茸茸的就是他的花，因为这种草开的花像狗尾巴，所以叫他狗尾巴草。闻闻静静地听，然后一手抓住狗尾巴草的茎干，一扯，草的茎干从它的外衣中滑落出来，鲜嫩鲜嫩的，但是笔直坚挺，似乎很有韧劲。闻闻上次抓小狗的尾巴也是如此，一把抓，小狗气得要咬他。我们一起摘下一束狗尾巴草，闻闻把草举在手里迎着阳光看，草头开的花，一丝丝毛茸茸的线，在阳光中似乎变得透明起来。我用草儿挠他的脸，闻闻痒得缩头缩脑，一个劲地躲，但又舍不得扔。在猴子那儿，他把狗尾巴草给猴子吃，猴子倒是领他的情，伸手接过草啃起来，不过嚼而无味，就再也不过来了。到了孔雀那儿，给孔雀吃，孔雀那高傲的样子，哪里肯过来。但是闻闻不管，在他眼里，今天遇见最好的玩物就是狗尾巴草。

　　想起我们小时候，农村里成百上千种野草随处见，但大多叫不出名字，印象最深刻的还是狗尾巴草，就是因为它的形象，它的好玩。没想到，几十年过去了，它依然能成为小孩子心仪的玩伴。我真为它鸣不平——它怎么能被视作野草呢？

　　每一个孩子都有一个独特的世界，每一个孩子眼里看见的也是一个独特的世界。他们每天都在用自己的眼睛观察生活，在孩子的眼里每一样事物都是有趣味的。在帮助孩子构建与外界的关系的时候，我们要让孩子意识到每一棵草都在微笑，每一朵花都在说好听的悄悄话，每一个动物都是独特活泼的，每一个人都值得被善待。

　　有很多育儿专家建议要经常带孩子去植物园、动物园、博物馆，让孩子接触自然。目的就是让孩子多长见识，学会观察。这样的经历对于孩子的成长来说必然是好的，但是一般人家的孩子哪有这个条件经常去逛各种园？再者，如果没有很好的计划和明确的目标，随意的游逛并不能产生明显的教育效果。我想，孩子的成长更多的还是依托于日常的生活，出现在孩子生命里的每一样事物都可以让孩子长见识、树人格。

　　更为重要的是，孩子与外界建立关系，首先发生在他身边，其次才是远方。孩子能抬头看到蓝天白云随风而动，能看见花草树木四季轮回，能看见风雨雷电从天而降，能看见坚强的蚂蚁成群搬家……有些东西在动物园植物园不一定遇得见。在植物园孩子只能看见开放了的花，但在生活中，孩子能看见花的开放；在动物园，孩子只能远距离地看到老虎在栖息，但在生活中，孩子可以亲自去捣捣蚂蚁洞。在这样的体验中，孩子在用眼睛认真观察、用肢体亲密触碰，用耳朵辨别声音，用心灵真切感受。这是教育最好的发生环境。

我发现孩子都有善良的一面，也都有恶的一面。他们对自己不喜欢的东西总是想要在眼前将其毁灭，而喜欢的东西再脏都会紧紧地抱在怀里。在现实的情景中，我们对孩子的教育就是让他们发现事物的美，其实每一样事物都有美的一面，也都有丑的一面。上次我摘了一朵木棉，摘了一朵琼花给闻闻看，我问："哪个好看？"闻闻指着琼花说"这个好看。把那个扔了吧。"我让他闻一下，问："哪个香？"他指着木棉说："这个香。"于是他把两朵花都插在了瓶子里。不用告诉他事物都有两面性的道理，孩子发现了美好就自然会收下美好，慢慢地他就会懂得这些深奥的道理。

这些都是生活教给孩子的。而我们只是带着孩子站在他与外界之间，指引他正确地认识世界。

爬 山

　　江南的诗意是小桥映月，是青山绿水，是楼台烟雨。多少文人雅士沉迷于江南苍树葳蕤的山，衣带萦绕的水。可谁曾想，千百年后，每逢佳节，人们如潮涌动，一路浩荡，如黄蜂一般倾巢而出，匆匆赶往名山名水，惊扰了江南的清幽雅静。然后匆匆而回，感慨一声，如此而已。

　　于是，我总想寻觅一片无名之地 —— 鲜为人知，却依然带着江南的静美。当然也因闻闻太小，访名胜还是暂时搁浅吧。我还清楚地记得，多年前我们恋爱的时候，借国庆长假游过一次黄山。从上山到下山，足足走了六个多小时，下山的时候已是中宵，但是山上依旧人山人海，所有的游人都是前胸贴着后背，互相挤着下山的，这时候，早已经景在天外了。这样的游玩实在是无趣极了、疲累极了。

再加上有了孩子，日子过得自然要理性一些，最终决定选择浙江转塘梅家坞一带。

自驾一路直上梅家坞。沿着梅灵南路，欣赏茶园村庄，这里的山不算高，路还算好走。山丘之地，树木苍生，满眼碧绿，心情一下舒怡起来。那一圈圈的丘陵茶园，就像是巨型面包，几个戴着竹笠的采茶姑娘，沐浴阳光，手摘嫩叶，满山的静，满园的香，江南茶韵自然而然地流淌在每一缕阳光每一片茶叶之间。

闻闻第一次近距离地看山，第一次走进能够把他湮没其中的茶树。或许是被眼前不失秀美的壮阔景象震慑住了，他静静地站在山脚下，看着近处高大的山，还有一大片一大片的茶园，眼里写满了新奇。我抱着他，摘下一片茶叶，他举着看，阳光点亮了茶的绿，闻闻悄悄地放入嘴里抿一抿。我笑了："茶要炒了才能吃。"闻闻摘下几片放入自己的小口袋，说："拿回家，给奶奶炒。"

上了梅家坞，就要爬坡了，闻闻第一次爬坡，我怕他累着了，也怕他没走几步就打退堂鼓，第一次尝试总是有着这样那样的矛盾和忧虑。这是大人的局限，小孩子可没有那么多禁忌和顾虑，想着便去做了，没承想还做得乐此不疲。在一米五宽的石阶上，闻闻挣开我们的手要独自登石阶，两边没有围栏，弯曲盘旋着向上。在整个山群里，这一条小路就像山的长胡须，延伸向远方高矮错落的山坡。我真为他的独行而担忧，尽管我们就跟在后面，可是山路

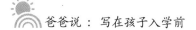

不比大马路，危险系数翻了几番。闻闻真是无知者无畏，甩了我的手，一个劲地往上，再往上。这股倔强不知道是随谁的，不过倔强的人大概都很执着吧。我只能在后面紧紧地跟着。他爬山很专注，不看山不看水，不担心山高路窄，只是蒙头向上。大概走了一百五十级，他妈妈已经累得不行，好不容易找到了一张石凳，一屁股坐在上面就不动了。闻闻看着他不争气的妈妈，小大人般地筹划："妈妈坐这里，爸爸，我们爬上去。"于是拉着我的手，往上攀登。把他妈妈甩到了视野的尽头。走了一大段，应该到了山腰，我们也累了，我看他脚力开始下降，有些摇晃起来，便停下来拍几张照，休息片刻，继续前进。闻闻一边爬，一边唱着他最爱的革命歌曲"向前进"，此时此景，倒是挺有意思。于他，或许这就是一场革命啊！于是我轻声地和着他一起唱，两人就这么唱着爬着，一口气登上四百多级台阶，这时候闻闻才两岁半。前方密林丛生，确实有些恐怖，于是我们只能匆匆下山，到了山脚安定下来，已然日落西山，天色昏暗。而闻闻却兴致不减，连着飚出两个成语："走得我满头大汗，汗流浃背。"

　　若是我一人爬山，估计连一半都走不到，是闻闻带着我爬了那么高的山。在这幽深的山间，我看着落入山脚的一丝霞光，看着如旭日初升的孩子，我看到了小小的攀登者不断向上的倔强，也感受到了一种令人欣慰的坚韧执拗的力量。

莱蒙托夫说："意志是每一个人的精神力量，是要创造或是破坏某种自由的憧憬，是能从无中创造奇迹的创造力。"我很赞同这句话，因为没有什么比一个孩子具备创造力和坚韧的意志力更重要的。

孩子是要与自然在一起的，大自然能带给孩子无穷的意志力和创造力。爬山、游泳等孩子喜欢，因为孩子是好动的；观察小蜜蜂、小蚂蚁，看鱼儿戏水，等等，孩子也喜欢，因为它们有趣。正是因为有趣以及能用适合他们的方式参与外界的活动，孩子才会全身心地尝试和不遗余力地坚持。尝试是创造的开始，对于一个孩子来说，他能发现小蚂蚁用触角对话，鱼儿在水里睡觉不闭眼睛，还有登上山顶"一览众山小"的惊喜体验，都是创造。这种创造不是社会价值的创造，孩子还没有这个能力，他们是在创造自己，创造自己的人格精神领域。说到这一层，我想不用再强调其重要意义了。

而意志力的培养，大自然已经为我们提供了太多平台，爬山、游泳的过程需要十足的体力、耐力和意志力，甚至观察小蚂蚁，孩子也需要强大的意志力，这体现在对时间

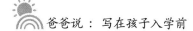

忍耐的挑战上，孩子在一次次地尝试突破自己的意志极限，那么他就会形成更大的防挫阈值，也就是说，这些能锻炼孩子的活动能让孩子今后具有更强大的抗压能力和受挫力。我觉得这一点，在未来人类的发展中，尤其是中国长期高速发展的过程中是极为重要的，说到底，还有什么比一个人能健健康康地活着更重要呢？

但是，如今有很多孩子被圈养在各大培训班里，有的孩子连周末都排得满满的，爸爸妈妈生怕自己的孩子输在起跑线上，自从孩子上幼儿园开始就报班，学画画、学钢琴、学舞蹈、学思维，等等，孩子忙得团团转，家长也没闲着，到处接送孩子学习。一个家长这样做了，就会有两个，有了两个就会有四个，于是人数越来越多，成平方地增加，于是就形成了社会集体焦虑。这个时代不是焦虑吃穿温饱，而是焦虑下一代的教育成长。但是我在想，这么多的技能学习、知识学习，孩子真的需要吗？孩子在里头快乐吗？如果这些东西学会了是否就代表这样的孩子天下无敌，成为人生的赢家？其实这些问题没有谁能回答，因为孩子的未来都是未知数。而未知数就代表着有很多的可能以及很多的发展方向。但是有些东西，不管一个人能发展成什么样，都是需要的，并且拥有它们有可能会挖掘出一个更好的自己，比如说坚韧的意志力，比如说强大的创造力。

育儿有时候就像是培育植物，让根扎于泥土深处，有朝一日才能枝繁叶茂。所以根系品质的培养才是育儿的重中之重。

沙子与石子

　　夏末秋初，是四季中让人感到最舒服的时节，天空变得很高，白云悠闲起来，伴着凉爽的风变幻出各种可爱的姿态。这时候的阳光也变得慈祥起来，就像打盹的老猫，温柔得让人心疼。这样的时节怎能不出去走走？

　　闻闻知道我们要带他去公园，自己早早地就在鞋柜旁挑起鞋来，真是臭美得很，每次出门都得斟酌穿哪双鞋。选定后，自己尝试着换上，只可惜自己还没有掌握拔后跟的技巧，折腾了半天还得求助。穿好了鞋子拿铲子，拿好了铲子挑车子，这些都是他出门的必要环节。

　　公园里的大沙坑是他天然的游乐场，闻闻一踏进沙坑，就能呆很长时间。我想孩子都喜欢玩沙子是有原因的。金黄细软的沙子是捉迷藏的高手，是上帝专门派来逗

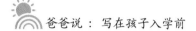

小孩的。闻闻抓起一把沙，还没等自己看清就全漏光了，他一脸惊讶，怎么抓不住呢？老是滑滑地逃走。再抓一把，打开，还是没有。闻闻就在"有"和"无"，抓取与消失的过程中反复探索。他越抓得紧，抓到的沙就越少，抓得沙越少，越发抓得紧。于是他总希望能凭着自己的力气抓一大把让自己高兴，但最终还是让他失望了。我在一旁看着这一切的发生，想告诉他一些什么，但终于没有开口。后来闻闻改了一种方式——用铲子铲，然后装在自己的沙滩车里，这样就可以满足他小小的占有欲了。沙滩车里的沙子堆得高高的，闻闻还在一个劲儿地往里放，我试图说服他不要装太满，他避而不闻。人人都有一颗不满足的心，这样的心态看来自小就有，思想越成熟就越精于思考得失的问题，也许这就是成长吧。此刻，我只能静静地看着他执着的选择，就像人生的路只能由自己走一样。

　　沙子旁边有不少小石子，这些小石子就像被冷落了的弃儿，孩子们只顾着玩沙子，谁都不会注意石子的存在。我叫闻闻："闻闻，闻闻，你看这些石子漂亮吗？"闻闻看着我手里的石子，丢下手里的沙，直奔过来抓石子。一抓一把，他回头看看沙子，似乎发现了些什么。石子好抓，而沙子却抓不住，不知道他是否看出了其中的原因。闻闻拾起一把石子往远处扔去，天女散花。这些石子有的温润如璧，有的残缺无奇，但是各有各的美。我让闻闻帮我挑些好看的，闻闻随手拾起一颗，"爸爸，这是好看的。"又随手拾起一颗，"爸爸，这也是好看的。"他放到我手里的石子，有的缺了一个角，有的纹路深深浅浅，还有的斑斑点点。我知道在闻闻眼里，这一切都是好看的，或者说他并不知道什么是好看的。而这些对于一个两岁半的孩子来说，又有什么关系呢？

后来我告诉闻闻，爸爸需要的是圆整的，光滑的，我捡起一颗给他看。闻闻很认真地挑选，后来我把几颗晶莹剔透、姿态各异的石子放在袋子里带回家。

我这才发现，沙子是孩子的哲学老师，他在为孩子们讲述有与无、得与失的道理，还有坚持与放下的人生态度。石子是孩子的美术老师，她传给孩子美的经验，每一道花纹，每一种形状，都有它独特的美。哲学让人更加智慧，美学让人更加优雅。有了它们，我还有什么不放心的呢？

　　孩子，首先要成为自然的孩子，然后才能更好地成为社会的孩子。

　　大自然给孩子太多好玩的东西了，不仅好玩，还具有教育价值。我说沙子是孩子天然的哲学家，因为他教给孩子明白人生的得失；石子是孩子的美术老师，因为他教给孩子观察事物的细节；花草树木是孩子的审美老师，因为他们教给孩子世界是缤纷多彩的；太阳是孩子的规划学老师，因为他让孩子明白了时间的珍贵，要好好规划人生……孩子有了大自然，他们就可能获得优雅的性情和惊人的创造力。一个优雅有敬畏之心的孩子长大后必定具有积极的人生态度以及平和大方的性格气质，而一个具有想象力和创造力的孩子将会给社会带来无可限量的财富和精彩。

　　三岁左右的孩子，对物体的形状颜色有着很大的兴趣，他们会用手去触摸，亲自去体验，来了解东西的软硬冷热等。如果在孩子出生后的前三年，让孩子的大脑接受刺激，然后去反射学习新的事物，树突就会不断增加延伸，脑部发育就会越来越发达。因此让孩子在三岁之前不断地接受刺激，看自然界的颜色，抚摸大自然的软硬干湿和各种形状，都会对孩子大脑构成刺激，让孩子变得越来越聪明。

　　父母都希望自己的孩子变得越来越聪明，但是在让孩子变得越来越聪明的这条路上，大多数父母又都走得非常焦虑。因为很多父母把一个人的智慧和优异的表现看得太狭隘，孩子在上学之前，父母拿自己的孩子来与别人家的孩子比技能，上学之后，父母拿自己的孩子来与别人家的孩子比分数。并且大人们总喜欢拿自己孩子的短处与别人家孩子的长处比，于是，孩子与父母之间的关系就会渐渐僵化。父母要求孩子上各种班学习技能，却错过了孩子真正喜爱的"沙子石子"。孩子都喜欢玩沙子玩石子，因为它们是大自然为孩子准备的最好的礼物，咱们就应该尽可能地陪伴他们，给他们一个尽情观察感受的机会，而不是以脏乱、浪费时间为理由，无情地拒绝限制，因为在一次看似简单的玩耍中，孩子们舒活了筋骨、锻炼了肌肉、强化了触觉体验、加强了自我控制的能力、培养了他们的探索力、审美力、创造力。

　　孩子是带着好奇心来触碰这个世界的，他们发现自我，同时也在发现世界，慢慢地理清了自我与世界的关系，这都是大自然的功劳。

后 记

孩子在成长

父母也在成长

生活在继续

《爸爸说》也将继续